KB078592

FUSION FANTASTIC STORY
화려한 귀환
월문선 장편 소설

화려한 귀환 5

월문선 장편 소설

초판 1쇄 찍은 날 § 2014년 6월 18일
초판 1쇄 펴낸 날 § 2014년 6월 25일

지은이 § 월문선
펴낸이 § 서경석

편집부장 § 권태완
편집책임 § 이효남
디자인 § 이거일

펴낸곳 § 도서출판 청어람
등록번호 § 제387-1999-000006호
등록일자 § 1999. 5. 31
어람번호 § 제1-1875호

주소 § 경기도 부천시 원미구 부일로 483번길 40 서경B/D 3F (우) 420-822
전화 § 032-656-4452 팩스 § 032-656-4453
http://www.chungeoram.com
E-mail § chungeorambook@daum.net

화려한 귀환

5

FUSION FANTASTIC STORY

월문선 장편소설

도서출판 청어람

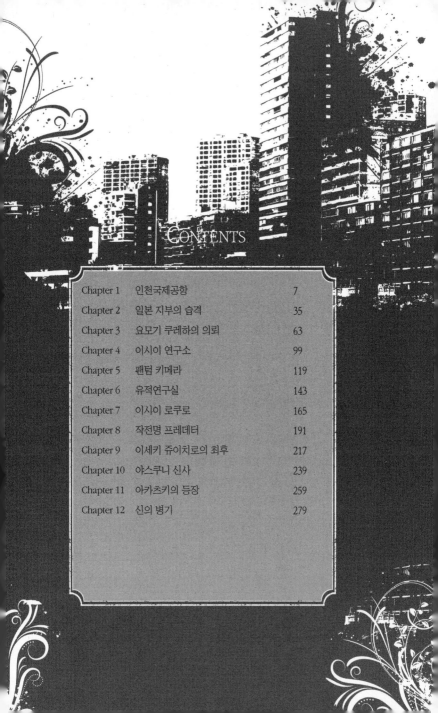

CONTENTS

제 1 장
인천국제공항

"잘 결정했네. 자네가 일본에 가준다니 한시름 놓이는군."

서진철 관장은 만족스러운 얼굴로 웃었다.

그 모습을 본 현성은 서진철 관장의 꿍꿍이 속이 느껴졌다.

"한시름 놓인다니 무슨 말입니까?"

"실은 이번에 일본 쪽으로 일이 생겨 말이야. 자네가 일본에 가준다고 하니 든든하군."

"……."

현성은 할 말을 잃은 표정으로 고개를 흔들었다.

"그렇게 또 저를 부려먹을 생각입니까?"

"설마… 기분 탓이겠지. 그냥 겸사겸사일 뿐이네. 일본에 가면 자네가 궁금해 하는 것들을 직접 확인해 볼 수 있을 테니 말이야."

서진철 관장은 너스레를 떨었다.

"그다지 신뢰가 가지 않습니다만……."

"하하하. 한국 지부의 지부장 자리를 걸고 보증하지."

"그렇게까지 말하시니 속는 셈 치고 믿어보도록 하지요."

자신감 넘치는 표정으로 말하는 서진철 관장을 바라보며 현성은 고개를 절레절레 흔들며 말했다.

그런 그를 향해 서진철 관장은 한마디 덧붙였다.

"그리고 이번 일은 자네와 무관계하지는 않네."

"그게 무슨……?"

현성은 의아한 표정으로 서진철 관장을 바라봤다.

"요모기 쿠레하. 자네도 잘 알고 있는 인물일 테지."

"그야 물론이죠."

서진철 관장의 말대로 현성은 그녀를 알고 있었다. 단기간이긴 했지만 용사장의 의뢰로 그녀의 경호를 맡았으니까.

거기다 마약이니, 위조지폐니, 뭐니 하면서 일본 야쿠자 조직인 극동회와 얽히며 이런저런 복잡한 일에 휘말려 들기도 했다.

결국 그 배후에 마법협회 일본 지부가 있었다는 충격적인 사실도 있었고 말이다.

"그녀로부터 도와달라는 요청이 들어왔네."

"요모기 연합에서 한국 지부로 말입니까?"

현성은 날카롭게 눈을 빛냈다.

요모기 연합은 일본 야쿠자 조직이다. 그곳에서 직접 한국 지부로 도움을 요청해 오다니?

"그렇네. 자네도 알다시피 얼마 전에 있었던 극동회의 마약 및 위조지폐 사건으로 한국 지부는 쿠레하 요모기와 협력 관계를 맺었지. 그 일환으로 도움을 요청한 모양이더군."

"하지만 그렇다고 요모기 연합에서 간단히 한국 지부로 도움을 요청하지는 않을 텐데요."

현성은 서진철 관장을 지긋이 바라보며 말했다.

사실 협력관계라고 해도 요모기 연합 입장에서 한국 지부에 도움 요청을 하는 일은 껄끄럽기 짝이 없었다.

그만큼 한국 지부에 빚을 지는 일이었으니까.

자연스럽게 요모기 연합의 입지는 좁아들 테고 종국에는 한국 지부의 말을 듣는 꼭두각시처럼 될 여지도 있었다.

"역시 눈치채고 있었나? 자네 말대로 요모기 연합 입장에서는 도움을 요청할 처지가 못 되지. 우리들은 마음대로지만 말이야."

서진철 관장은 의미심장한 미소를 지어 보였다.

요모기 연합과 한국 지부의 협력관계는 단지 허울 좋은 말일 뿐이었다. 실제로는 마법 협회라는 존재를 알게 된 요모기 쿠레하를 강제하기 위한 수단이었으니까.

일개 야쿠자 조직의 후계자 따위가 국가권력기관조차 어찌 하기 힘든 마법협회를 상대할 수 없었다.

그 사실을 알고 있었기에 요모기 쿠레하는 서유나의 제안을 거절하지 않았던 것이다.

그녀의 입장에서는 마법협회 한국지부와 미묘한 줄타기를 하고 있는 상황.

그런 상황에서 한국 지부로 도움을 요청해 왔다는 것은……

"일본 지부 때문이겠군요."

"맞네."

서진철 관장은 순순히 현성의 말을 인정하며 고개를 끄덕였다.

"최근 일본 지부의 동태가 심상치 않아. 특히 환상의 섬 작전 이후로 더더욱."

서진철 관장은 근심 어린 표정을 지었다.

마법협회 일본 원숭이들을 생각하면 골머리가 아파왔다.

마법협회의 각지부들은 어지간한 일이 아니면 인류의 적인 팬텀을 상대하기 위해 정보를 공유하고 있었다.

당연히 각 지부가 속해 있는 국가나 지부의 존망이 걸려 있는 기밀 수준의 정보는 공유하고 있지 않지만, 팬텀에 대한 정보라면 거의 무조건적으로 공유하고 있었던 것이다.

하지만 유독 일본만큼은 그 어떤 정보도 공유하지 않았다.

완전히 쇄국정책이 따로 없었다.

그런 만큼 일본 지부 입장에서 환상의 섬 작전 실패는 뼈아플 것이다.

"대체 무슨 일로 연락을 해온 것입니까?"

"궁금한가?"

서진철 관장은 현성을 향해 씩 웃었다.

그 모습에 현성은 한숨을 내쉬었다.

"직접 가서 들어보란 말이겠군요."

"역시 한국 지부의 에이스 마법사답군. 드디어 자네가 내 마음을 알아주기 시작했으니 말이야."

"그다지 기쁘진 않습니다만……."

"뭐 어떤가. 자네가 알고 싶어 하는 정보도 일본 지부가 가지고 있으니 겸사겸사 해결하면 될 테지."

그렇게 말하며 서진철 관장은 웃음을 터뜨렸다.

현성은 별로 탐탁지 않은 표정이었지만, 이미 일본에 가기로 마음의 결정을 내린 상태였다.

현성 또한 일본 지부가 가지고 있을 정보가 궁금했으니까.

단순히 서진철 관장이 자신을 부려 먹기 위해 일본으로 가보라고 말하진 않았을 것이다.

분명 일본 지부가 숨기고 있는 중요한 정보가 있을 터.

"그다지 내키진 않지만, 관장님의 말을 들어주도록 하지요."

"잘 결정했네."

"별로 관장님을 위해서가 아니니까요. 저는 순전히 제가 궁금해서 일본에 가려고 하는 겁니다."

"아무려면 어떤가. 나는 자네가 일본에 가준다는 사실만으로도 만족스럽다네."

그 말대로 서진철 관장은 만족스러운 표정으로 고개를 끄덕이고 있었다.

현성이 일본에 가면 자연스럽게 골치 아픈 마법 협회 일본 원숭이들을 소탕해줄 테니 어찌 만족스럽지 않겠는가?

"하지만 한 가지 마음에 들지 않는 게 있어."

그때 갑자기 서전철 관장이 정색하며 현성을 바라봤다.

"……!"

갑작스러운 변화에 현성은 굳은 표정을 지었다.

서진철 관장은 말뿐만이 아니라 분위기까지 달라져 있었다.

지금까지 서진철 관장은 능구렁이처럼 본심을 숨겨가며 자신과 대화를 해왔다.

그것은 서진철 관장이 수준 높은 협상가라는 사실의 반증이기도 했다.

하지만 지금 이 순간만큼은 달랐다.

지금껏 숨기고 있던 본심을 드러내며 현성을 바라보고 있었던 것이다.

"재미있군요. 저한테 무슨 불만이 있는지는 모르겠지만 잘 생각해서 말하는 게 현명할 겁니다."

현성은 날카로운 눈빛으로 서진철 관장을 마주 노려보며 말했다.

긴장된 공기가 관장실을 감돈다.

과연 서진철 관장의 입에서 무슨 말이 나올 것인가.

경우에 따라서는 서진철 관장과 현성이 서로 갈라지게 될지도 몰랐다.

"내 딸이 마음에 들지 않던가?"

"예?"

"그 애가 말은 하진 않았지만, 자네가 받아들이지 않았다는 것쯤은 알고 있네. 내 딸이 어디가 부족한가? 말해 보게. 내 단단히 준비해서 다시 보내도록 하지."

"……."

서진철 관장의 말에 현성은 기가 막힌 표정으로 손을 이마에 짚었다.

대체 뭘 준비해서, 뭘 다시 보내겠단 말인가?

'그러고 보니 이 양반 딸 바보였지…….'

불과 조금 전까지 관장실 내부를 감돌던 긴장감이 거짓말처럼 느껴졌다.

현성은 더 이상 서진철 관장과 이야기를 할 필요성이 느껴지지 않았다.

그리고 이미 일본에 가기로 결정을 내린 이상 남은 건 일본에 갈 준비를 하는 것뿐.

현성은 골치 아픈 표정을 지으며 서진철 관장을 향해 입을 열었다.

"그럼 제가 일본에 가는 것으로 하고 이만 가보겠습니다. 따님 간수 잘하세요. 행여나 이상한 놈한테 넘어갈지 누가 알겠습니까?"

'서유나. 뭐, 그 얼음공주가 그럴 리 없겠지만 말이야.'

현성은 속으로 피식 웃음을 흘렸다.

하지만 그런 현성의 속마음을 모르는 서진철 관장으로서는 눈을 부릅뜰 수밖에 없었다.

"뭐라고? 이상한 놈?!"

현성의 따끔한 일침에 서진철 관장의 얼굴은 다채로운 표정 변화를 거치며 재미있어져 갔다.

하지만 그런 서진철 관장을 무시하고 현성은 미련 없이 몸을 돌렸다.

그리고 뒤도 돌아보지 않고 관장실을 나갔다.

관장실에서 서유나를 부르는 서진철 관장의 목소리가 애타게 들려왔지만 현성은 애써 무시했다.

'서유나에게는 미안하게 됐군.'

분명 그녀는 관장실로 불려가서 서진철 관장으로부터 뜬금없는 이상한 이야기를 듣게 될 터.

현성은 고개를 절레절레 흔들며 발걸음을 옮겼다.

*   *   *

통.

가끔씩 대나무 통에 물이 가득 차 떨어지는 시시오도시의
청아한 소리가 들려오는 평화로운 일본 전통식 정원.

하지만 얼마 지나지 않아 조용한 일본 정원의 평화는 유리
처럼 깨져나갔다.

콰앙!

일본 정원에 있는 전통 집의 문을 부수며 검은색 양복을 입
은 사내가 튕겨져 나왔던 것이다.

"크윽!"

사내는 일본 정원 바닥을 나뒹굴었다.

쿠우웅!

"크헉!"

그리고 이내 정원 바닥에 밀착되며 개구리처럼 납작하게
엎드렸다.

무거운 중력이 온몸을 짓눌렀기 때문이다.

"아베 신이치. 최근 자네는 나에게 실망감만 안겨주는구
나."

부서진 문 너머에서 노인이 한 명 나타났다.

마법 협회 일본 지부의 지부장 이케다 신겐이었다.

이케다 신겐은 노한 표정으로 바닥에 엎드려 있는 아베 신이치를 내려다봤다.

"요, 용서를……."

"닥쳐라!"

쿠웅!

"커억!"

순간적으로 가해진 압도적인 중력 앞에 아베 신이치는 피를 토했다. 그럼에도 이케다 신겐의 얼굴에서는 노기가 거두어지지 않았다.

"몹쓸 놈. 이번에도 임무를 실패하다니… 쯧쯧."

"……."

이케다 신겐의 말에 아베 신이치는 입이 열 개라도 할 말이 없었다.

야타노카가미 탈환 작전의 실패.

그로 인해 마법 협회 일본 지부가 입은 피해는 어마어마했다.

그동안 야타노카가미를 탈환하기 위해 준비해 온 예산이나 로비 공작들이 전부 날아갔다.

그뿐만이 아니다.

한국 지부가 숨기고 있는 야타노카가미의 위치를 파악하고 정예 부대 중 하나인 닌자 부대를 투입했다.

하지만 결과는 전멸.

그 누구도 귀환한자가 없었으며, 열흘이 지난 현재까지 연락 하나 오지 않았다.

어디 그뿐인가?

닌자 부대 중 귀환자가 없으니 유니크급 아티팩트, 슈바르츠 아이젠 판처(Schwarz Eisen Panzer:칠흑의 강철갑주)도 회수하지 못했다.

그것도 무려 12기나!

거기다 비밀 정보에 의하면 한국 지부 조사대와 미국 지부의 기계화 부대는 닌자 부대가 투입되고 그 다음날 전원 귀환했다고 한다. 오직 자신들이 투입한 닌자 부대만 귀환은 커녕 연락조차 없는 것이다.

그러니 전멸 당했다고 보는 게 타당할 터.

"야타노카가미를 탈환하지도 못하고, 정보조차 얻지 못하다니……."

이케다 신겐은 얼굴을 찌푸렸다.

닌자 부대의 임무는 야타노카가미를 탈환하는 것도 있지만, 정보 수집이라는 목적도 있었다.

"한국 지부 놈들이 무슨 연구를 하고 있었을지 네놈도 모르진 않을 거다."

"예. 환상의 섬에서 야타노카가미에 대해 연구하고 있을 게 뻔하지 않겠습니까."

"그래, 잘 알고 있군. 그럼 그게 의미하는 바가 무엇인지 모르진 않겠지?"

"예……."

자신들이 혈안이 되어 찾고 있는 야타노카가미.

한국 지부에서는 청동 거울이라고 부르는 신화시대 유물은 다른 차원의 문을 여는 열쇠였다. 그 사실을 이케다 신겐도 알고 있고, 아베 신이치도 알고 있었다.

"틀림없다. 분명 한국 지부 놈들은 게이트를 열었을 테지."

"……!"

이케다 신겐의 말에 아베 신이치는 무거운 중압에 짓눌리고 있으면서도 놀란 표정을 지었다.

"타, 타카마가하라에 가는 문을 말입니까?"

타카마가하라.

그곳은 일본 신화에 존재하는 신들이 사는 세계이지 않은가?

그곳으로 가는 문을 한국 지부에서 열었다니!

"아니. 아무리 조센징 놈들이 야타노카가미로 문을 열었다고 해도 그게 꼭 타카마가하라와 연결되었다고는 할 수 없지."

이케다 신겐은 비웃음을 흘리며 고개를 흔들었다.

"그렇다면……?"

"그놈들이 연 차원의 문은 타카마가하라가 아니라 지옥이었을 거다. 인류의 적들이 존재하는."

"설마 사해문서에 나오는 팬텀 말입니까?"

"그렇다."

"그런……."

아베 신이치는 놀라지 않을 수 없었다.

팬텀이란 무엇인가?

아직 그 정체가 밝혀지지 않는 미지의 존재였다.

단지, 수십 년 전에 발견된 사해 문서에서 팬텀에 대한 정보가 기록되어 있을 뿐이었다.

"하지만 한국 지부 놈들이 야타노카가미를 연구하면서 타카마가하라에 대한 단서를 얻었을 지도 모르는 일이다. 어쩌면 이번 임무를 통해서 우리도 그 정보를 얻을 수 있었을 지도 모르지. 그리고 사해문서에 등장하는 인류의 적에 대한 정보도. 그런데 임무에 실패해?"

이케다 신겐은 노기가 서린 눈으로 아베 신이치를 노려봤다.

쿠우웅! 콰직!

"크아악!"

아베 신이치는 왼쪽 손이 부서지는 고통에 비명을 질렀다. 이케다 신겐이 아베 신이치의 왼손에 고중력을 걸었던 것이다.

"이 책임을 어떻게 질 생각인가, 아베 신이치여."

섬뜩하게 빛나는 차가운 눈으로 이케다 신겐은 아베 신이치를 내려다봤다.

이번 임무의 실패로 타카마가하라에 대한 단서와, 사해문서에 등장하는 팬텀에 대한 정보를 얻을 수 있는 기회가 날아갔다. 그리고 이케다 신겐이 가장 마음에 들지 않는 점은 팬텀에 대한 정보를 한국 지부와 미국 지부에서 얻었을 지도 모른다는 사실이었다.

자신들은 아무런 정보도 얻지 못한데다가 닌자 부대까지 잃었는데 말이다.

"크흐으윽……."

아베 신이치는 왼손에서 느껴지는 격통에 제대로 된 대답도 하지 못하고 신음 소리만 흘렸다.

"흥. 몹쓸 놈 같으니. 역시 네놈은 이시이 연구소로 보낼 수밖에 없겠구나."

"헉! 제, 제발 그것만은!"

아베 신이치는 깜짝 놀란 얼굴로 고개를 번쩍 치켜들었다.

"이미 늦었다. 넌 나에게 실망감밖에 주지 않았으니까."

이케다 신겐의 말에 아베 신이치는 절망감에 빠졌다.

이시이 연구소라니?

그곳은 이 시대의 지옥이라고 할 수 있는 장소이지 않은가?

"네놈 같은 패배자는 마루타라도 되어서 대일본제국의 도움이 되어라."

"이, 이케다 님!"

자신을 애타게 부르는 아베 신이치의 말을 무시하며 이케다 신겐은 손을 한 번 휘둘렀다.

그러자 지금까지 아베 신이치를 짓누르던 무거운 중력이 사라졌다.

"끌고 가라."

이케다 신겐의 명령에 체격이 좋은 검은색 정장차림의 사내 두 명이 나타났다.

그들은 각각 아베 신이치의 팔을 우악스럽게 움켜잡더니 어디론가 데려가기 시작했다.

"한번만 더 기회를 주십시오! 이케다 님! 이케다 님!"

"흥!"

아베 신이치를 향해 코웃음을 친 이케다 신겐은 미련 없이 몸을 돌렸다.

아베 신이치가 실패만 하는 통에 해야 될 일이 늘었다.

그의 실패에 의한 뒤처리는 물론, 자신의 오른팔에서 실각한 아베 신이치를 대신하여 다른 자를 끌어 올려야 했으며, 타카마가하라에 도달하기 위한 다른 방법도 찾아야 했다.

"야타노카가미의 탈환이 실패한 이상 남은 건 그 방법밖에 없겠군."

이케다 신겐은 차가운 얼굴로 중얼거렸다.

대일본제국의 비원을 이루기 위해서는 어떻게 해서든 타카마가하라에 도달해야 한다.

그를 위한 남은 방법은 이제 한 가지뿐이었다.

하지만 그전에……

"대체 누가 한국 지부에 힘을 빌려주고 있는 것일까?"

지금까지 일본 지부와 한국 지부는 서로 일진일퇴를 거듭해 오고 있었다.

그런데 얼마 전부터 그 균형이 깨지고 일본 지부는 연거푸임무를 실패하면서 어마어마한 피해를 입기 시작했다.

누군가 한국 지부에 힘을 빌려주고 있다는 반증이었다.

"한국 지부의 마법사들 중에서 그나마 쓸모 있는 녀석은서진철 관장밖에 없으니 말이야."

지금까지 작전 중에서 서진철 관장이 직접 움직였다는 보고는 없었다.

그렇다면 서진철 관장이 아닌 다른 인물이 임무에서 활약하고 있다는 것일 터.

"서유나 그 계집일까?"

마법 협회 한국 지부에서 서진철 관장 다음으로 떠오르고있는 유망주가 한 명 있긴 있었다.

다름 아닌 서진철 관장의 딸인 서유나였다.

그러나 일본 지부의 작전에 지장을 줄 만큼 능력이 뛰어나지는 않았다.

"명색이 12신장이라고 불리는 닌자 부대가 그 계집에게 패할 리 만무하지. 그렇다면 대체 누굴까?"

이케다 신겐은 턱수염을 쓰다듬으며 생각에 잠겼다.

마법 협회 일본 지부의 작전에 지장을 줄 수 있는 인물.

"모르겠군. 하지만 이미 손을 써두었으니 물고기가 걸리길 기다리고 있으면 되겠지."

이케다 신겐은 만족스러운 미소를 지었다.

하지만 이케다 신겐은 모를 것이다.

자신이 물고기라고 생각한 인물이 사실은 수면 밑에서 몸을 숨기고 있는 레비아탄이라는 사실을.

*   *   *

"차 좋네요."

인천국제공항으로 향하고 있는 SM7 승용차 안.

최소 시가 3천만이 넘어가는 자동차 안에서 현성은 운전석에 앉아 있는 이 대리에게 말을 건넸다.

"하하, 감사합니다. 이게 다 현성 님 덕분이죠."

불과 얼마 전까지만 해도 이 대리는 연식이 오래된 싸구려 아반떼 중고차를 끌고 다녔다.

하지만 최근 현성을 마법 협회 한국 지부로 스카웃한 실적이 인정되어 SM7을 새 차로 한 대 뽑은 것이다.

"제가 요즘 현성 님 덕분에 진짜 살맛이 납니다."

"그렇습니까?"

이 대리의 말에 현성은 쓴웃음을 지었다.

"저는 이 대리님 덕분에 죽을 맛인데 말이죠."

"예? 아, 저기 그러니까……."

현성의 말에 이 대리의 얼굴이 사색이 되었다.

"농담입니다. 차 흔들리니까 진정하세요."

"예, 옙!"

그제야 이 대리는 안도한 표정으로 운전대를 잡았다.

하지만 현성은 반 정도는 진심이었다.

이 대리가 자신을 마법 협회에 스카웃을 하는 바람에 능구렁이 같은 서진철 관장과 엮이면서 여러 가지 일에 휘말려 들게 되었으니까.

덕분에 8서클을 마스터 하긴 했지만 말이다.

'팬텀이라고 했던가?'

현성은 인천 공항으로 떠나기 전, 인천역사유물박물관 관장실에서 서진철 관장과 나눈 대화를 떠올렸다.

'설마 1947년에 발견된 사해문서에 정체불명의 생명체에 대한 기록이 있었을 줄이야.'

현성은 인천공항으로 출발하기 전, 서진철 관장으로부터 이런저런 이야기를 들었다.

그중 하나가 자신이 조우했던 정체불명의 생명체에 대한 정보였다.

'하지만 보다 더 자세한 정보를 알고 싶다면 일본에 가보라니……'

대체 일본에 무엇이 존재하기에 가보라고 하는 것일까?

사해문서에 기록된 정보 이상의 무언가가 일본에 있다는 것일까?

그리고 서진철 관장이 현성에게 일본으로 가보라는 말은 한 가지 사실을 의미했다.

'일본 지부에 잠입을 해서 정보를 얻으라는 말이겠지.'

팬텀에 관련된 정보가 일본에 있다고 한다면 마법 협회 일본 지부밖에 없었다.

서진철 관장은 현성이 마법 협회 일본 지부에 잠입해서 기밀 정보를 입수하기를 원하고 있었던 것이다.

'역시 능구렁이 같은 사내야. 이런 식으로 나를 또 이용할 생각을 하다니.'

현성은 살짝 쓴웃음을 지었다.

하지만 그 사실을 알면서도 현성은 서진철 관장의 제안을 순순히 받아들였다.

이 세계에 무슨 일이 벌어지고 있는지 현성 또한 알고 싶었으니까.

게다가 요모기 쿠레하의 도움 요청도 있었다.

'그나저나 역시 마법 협회. 일처리가 신속하군.'

현재 겨울 방학이 끝나기까지 채 3일이 남지 않았다.

일본에서 며칠 있을지 현성 자신도 알 수 없었다.

그리고 가족들에게 무슨 핑계를 대고 일본에 갈지 살짝 골머리도 아팠다.

하지만 그런 현성의 고민을 마법 협회 한국 지부는 한방에 해결해주었다.

영재 고등학교와 자매결연을 맺고 있는 해외 고등학교에 어학연수를 보내는 것으로 간단하게 해결해 버린 것이다.

물론 비용은 한국 지부에서 냈다.

표면상으로는 영재 고등학교에서 현성이 장학금을 받아가는 것으로 되었지만 말이다.

'길어봐야 보름 정도 걸리겠지.'

일본에서 현성이 일을 해결하는 시간에 따라 체류 기간이 결정 된다.

현성은 되도록 빨리 일을 처리할 생각이었다.

'대형마트는 용사장에게 맡겼으니 알아서 잘 할 테고.'

마법 협회 한국 지부의 힘으로 부모님을 힘들게 하던 대형마트를 접수한 현성은 아직 그 일을 숨기고 있었다.

가족들은 아직 대형 마트의 점장이 현성이 되었다는 사실을 모른다.

현성은 당분간 그 사실을 숨길 생각이었다.

아직 고등학교 2학년생인 자신이 대형 마트를 인수해서 점장이 되었다는 사실을 어떻게 말 한단 말인가?

그 때문에 당분간 용사장에게 대형마트에 관한 것들을 일임해 놓았다.

'나중에 로또에 당첨되어서 대형마트를 인수 했다고 하던가 해야겠군.'

현성은 피식 웃었다.

서진철 관장의 힘을 빌리면 비교적 어렵지 않게 위장할 수 있을 터.

'지금은 일본에 집중하자.'

현성은 일본에 있을 일들을 기대하며 창밖의 풍경을 말없이 바라봤다.

그렇게 현성은 이 대리의 차안에서 느긋하게 등을 기대고 인천국제공항으로 향했다.

*   *   *

인천국제공항의 로비.

현성은 이 대리의 안내를 받으며 편안하게 인천국제공항에 도착했다.

하지만 인천국제공항에서 기다리고 있는 사람들을 보고 골치 아픈 표정을 지었다.

"현성 군. 아직 출발하려면 한 시간이나 남았는데 뭐 좀 먹을까요?"

"나도 배가 고프군."

"……."

현성은 기가 막힌 표정으로 눈앞에 있는 두 명의 여인들을 바라봤다.

그녀들은 다름 아닌 최미현과 서유나였다.

"이 대리?"

현성은 싸늘한 눈으로 이 대리를 노려봤다.

"저, 저는 모릅니다!"

그러자 이 대리는 식은땀을 흘리며 자기는 모르는 일이라고 딱 잡아뗐다.

그 모습을 본 현성은 한숨을 내쉬었다.

분명 서진철 관장의 소행이리라.

할 수 없이 자신을 따라온 두 명의 여인을 바라보며 현성은 입을 열었다.

"여긴 무슨 일입니까?"

"일본에 간다고 들었다. 그리고 이상한 놈에 대해서도 말이야."

현성의 질문에 서유나가 손을 꼭 말아 쥐고 부들부들 떨며 말했다.

아무래도 서진철 관장에게 붙잡혀 호되게 당한 모양이었다.

"김현성. 내가 받은 굴욕을 확실히 책임져 주면 고맙겠군."

"아니, 그게 왜 내 책임……."

"뭐… 라고? 책임을 져주지 않겠단 말인가!"

순간 서유나의 눈빛이 마구 흔들렸다.

그녀는 엄청난 충격을 받은 것처럼 믿기지 않는 표정으로 현성을 바라봤다.

그리고 몸을 비틀거리며 쥐어짜내는 듯한 목소리로 입을 열었다.

"너는 나에게 그런 일을 겪게 만들어놓고도 책임을 져주지 않겠다고 말하는 건가!"

'대, 대체 서진철 관장에게 무슨 짓을 당했길래…….'

평소와는 다른 서유나의 태도에 현성은 식은땀을 흘렸다.

이 상황을 어떻게 수습을 해야 할지 막막했다.

하지만 문제는 엉뚱한 곳에서 터졌다.

"지금 그게 무슨 말이죠! 그, 그런 일을 겪게 만들었다니! 대체 무슨 일을 겪게 만들었길래 이 여자가 이러는 거예요!"

서유나의 옆에서 가만히 대화를 듣고 있던 최미현이 허리에 손을 척 올리며 현성에게 따지고 들기 시작한 것이다.

"서, 설마 그렇고 그런 일을 이미 해버린 건……!"

"거기까지."

이대로 가다간 범죄자 소리까지 들을 것 같았기에 현성은 손을 내밀며 사태 수습에 나섰다.

그리고 흥분한 최미현을 진정시킨 현성은 서유나를 부르려고 했다.

그 순간 현성은 잠시 망설였다.

능력을 숨기고 있을 때는 그녀를 스승이라 불렀고, 능력을 밝히고 난 후에는 딱히 그녀를 호칭이나 이름으로 부르지 않았다.

하지만 지금은 그녀를 불러야 되는 상황.

대체 뭐라고 부르는 편이 좋을까?

"서… 유나 씨. 서유나 씨도 뭐라고 해봐요."

잠깐의 망설임 끝에 현성은 그녀의 이름을 부르며 서유나를 바라봤다.

"……."

하지만 현성은 서유나의 얼굴을 볼 수 없었다.

자신의 앞에서 그녀가 고개를 푹 숙이고 있었기 때문이다.

그 상태에서 서유나는 조용히 입을 열었다.

"다, 다시 말해봐라."

"무엇을 말입니까?"

"아까 전에 했던 말. 한 번 더 해보란 말이다."

현성의 말에 서유나는 고개를 치켜들며 외쳤다.

어찌된 일인지는 모르겠지만, 그녀의 얼굴은 붉게 상기되어 있었다.

"서, 서유나 씨?"

"……."

당황스러운 현성의 말에 서유나는 붉어진 얼굴로 고개를 살며시 옆으로 돌렸다.

'아니 왜 여기서 저런 반응을…….'

마법 협회 한국 지부에서 얼음공주라고 명성이 자자한 서유나의 예상치 못한 반응에 현성은 놀란 표정을 지었다.

하긴 그럴 수밖에.

지금 현성은 처음으로 서유나의 이름을 직접 불렀다.

그 사실에 서유나는 동요하고 있었던 것이다.

지금까지 한 번도 자신의 이름을 불러주지 않았던 현성이 처음으로 자신의 이름을 불러 주었으니까.

하지만 자신이 서유나의 이름을 불렀기 때문에 이런 상황이 되었다는 사실을 꿈에도 모르는 현성은 난감한 표정을 지었다.

'무, 무언가 잘못됐다!'

그 사실을 깨달은 찰나,

"김현성 군!"

바로 옆에서 쌍심지를 킨 최미현이 현성을 노려보며 소리쳤다. 그녀의 얼굴에는 무슨 일이 있었는지 이실직고하라는 강렬한 의지가 활활 타오르고 있었다.

'아, 안 되겠군. 빨리 여기서 나가야겠어.'

심상치 않은 분위기를 느낀 현성은 한걸음 물러났다.

'그러고 보니 이 대리가 있었지!'

이 대리에게는 안 된 일이었지만, 현성은 그를 방패삼아 이 곳을 빠져 나가기로 결정했다.

그렇다면 남은 건, 오직 실행뿐!

'어, 없잖아?'

하지만 이미 그는 공항 로비에서 사라지고 없었다.

귀신같은 생존 감각으로 이 대리는 공항 로비에서 폭풍이 몰아치리라 예상하고 이미 몸을 뺐던 것이다.

'어, 어떡하지?'

좌측에는 얼굴을 붉히고 머뭇머뭇 서 있는 서유나가, 우측 에는 날카롭게 눈을 치켜 뜬 최미현이 자신을 노려보고 있다.

진퇴양난의 상황에 빠진 현성은 그녀들을 바라보며 한숨 을 푹 내쉬었다.

제 2 장
일본 지부의 습격

인천 역사 유물 박물관의 관장실.

"샘플은 어떻게 되었나?"

서진철 관장은 책상 위에 팔꿈치를 대고 깍지를 낀 손 위에는 턱을 놓고 입을 열었다.

"예정대로 전달했습니다."

서진철 관장의 말에 책상 너머에 서 있는 사내, 김태성이 담담한 목소리로 대답했다.

"별 문제는 없었겠지?"

"예. 모두 무사히 예정지에 도착했다고 보고가 올라왔습니다."

"다행이군."

김태성의 대답에 서진철 관장은 한결 누그러진 표정을 지었다. 환상의 섬에서 회수한 팬텀의 샘플들을 마법 협회 주요 각지부로 이송을 완료했던 것이다.

"각 지부의 지부장들이 관장님께 감사하다고 전해달라고 하더군요."

"흥. 완고한 노친네들이 감사는 무슨."

서진철 관장은 코웃음을 쳤다.

마법 협회의 지부장들은 대부분 나이가 많았다. 서진철 관장이 지부장들 중에서도 가장 어린 축에 속했다.

그리고 마법 협회 각 지부들은 서로 경쟁을 하고 있는 사이. 감사 인사를 하고 자시고 할 만큼 사이가 좋다고는 할 수 없었다.

"그들도 양심이 있으니 감사를 해오는 것일 테죠. 인류의 적인 팬텀에 대항하기 위해서 우리들이 큰 도움을 준 것이니까요."

"그러면 뭐하는가? 여전히 각 지부마다 아티팩트와 오파츠를 회수하기 위해 한 치 양보도 하지 않고 있는데 말이야."

"그야 그렇지만 그들도 팬텀에 대항하기 위해서 필사적이지 않습니까. 자국의 안전을 위해서 어쩔 수 없는 노릇이겠죠."

"우린 어디 안 그런가? 자국을 지키고 싶어 하는 건 그들뿐만이 아니지."

서진철 관장은 혀를 차며 말했다.

사해문서가 발견된 이후, 마법 협회 각 지부들은 자국을 지키기 위해 온갖 수단을 강구해오고 있었다.

그중 가장 열을 올리고 있는 일이 오파츠의 회수였다.

고대문명이 남긴 오파츠 중에서는 현대의 마법과 과학을 초월하는 것들도 있었으니까.

그 외에도 각 방면에서 연구를 하며 팬텀에 대한 대책을 준비하고 있었다.

"그래도 팬텀에 관해선 각 지부마다 정보를 공유하고 협력하고 있으니 그나마 다행 아닙니까."

이미 환상의 섬에서 있었던 일들은 마법 협회의 각 지부로 보고서를 작성해 공유했다.

그 때문에 각 지부들은 단편적으로나마 팬텀이 얼마나 강한지 알게 되었다.

물론 서진철 관장도 마찬가지였다.

"그만큼 팬텀이 위험하다는 이야기지."

서진철 관장은 어두운 안색으로 말했다.

그 말에 김태성은 애써 화제를 밝은 쪽으로 돌렸다.

"아무튼 회수한 샘플들을 각 지부에서 연구를 한다면 팬텀에 대한 실마리가 나올 테죠."

"물론 그래야지. 자네들이 위험을 무릅쓰고 회수한 샘플들을 각 지부에 보낸 이유는 바로 그 때문이니까."

김태성이 회수해 온 팬텀의 샘플은 가치가 어마어마했다.

그것들을 독점하지 않고 일부를 마법 협회 각 지부에 보낸 이유는 팬텀의 위협으로부터 인류를 지킨다는 인도적인 차원도 있었지만, 실질적으로 한국 지부 혼자서 샘플을 연구하기가 벅찼던 것이다.

그리고 한국 지부 혼자 연구하는 것보다 여러 지부가 다 함께 연구를 하는 편이 더 빨리 팬텀의 정체를 밝힐 수 있을 터였다.

"그리고 미국 지부에서도 회수한 팬텀의 샘플들 중 일부를 세계 각 지부로 이송한 모양입니다."

"역시 미군기계화부대도 샘플을 회수했나 보군."

김태성의 말에 서진철 관장은 고개를 끄덕이며 대꾸했다.

서진철 관장이 환상의 섬으로 마법 협회 미국지부와 일본 지부를 끌어들인 이유는 팬텀의 샘플을 회수시키기 위함과 한국 지부의 조사대를 도와주기 위한 지원군으로서였다.

"그에 비해 일본 지부 원숭이 놈들은… 쯧쯧."

서진철 관장은 조금이나마 도움이 될까 싶어 예전부터 청동 거울에 눈독을 들이고 있던 일본 지부를 끌어들였다.

하지만 그들은 인류의 적인 팬텀 앞에서 한국 지부나 미군 기계화부대에 도움을 주지 못할망정 오히려 방해만 했다지 않은가?

"똥도 약에 쓰인다고 하는데 일본 지부 원숭이 놈들은 똥만도 못하더군요."

김태성은 환상의 섬에서 있었던 일본 지부의 만행을 떠올리며 치를 떨었다.

그놈들 때문에 애꿎은 레드폭스 중대원들을 안타깝게 잃었으니 말이다.

"하여간 그놈들은 도움이 안 돼. 팬텀에 관한 일이라면 서로 협력해도 모자랄 판에 자기들 잇속만 챙기고 있으니, 원."

"그러게 말입니다. 비록 오파츠나 아티팩트에 관해서는 경쟁을 한다고 해도 팬텀에 관련된 정보나 일이라면 서로 도와야 할 텐데 말이죠."

"어쩔 수 없지. 그놈들은 쇄국정책이 좋은 모양이니까 말이야."

서진철 관장은 고개를 절레절레 흔들었다.

마법 협회 각 지부에서 팬텀에 대한 정보를 서로 공유하고 있었지만 일본 지부만은 예외였다.

그들은 모든 정보를 끊고 있었다.

"그래서 현성 군을 일본에 보내신 겁니까?"

김태성은 서진철 관장을 바라보며 넌지시 질문을 던졌다.

"그럼 달리 이유가 있다고 생각하나?"

서진철 관장은 슬쩍 입매를 비틀며 웃었다.

그는 확신하고 있었다.

일본 지부가 팬텀에 관해 중요한 정보를 숨기고 있다고 말이다.

"일본 지부 놈들은 분명 무언가를 알고 있어. 그러니 청동 거울을 찾기 위해 혈안이 되어 있었던 거지. 내가 흘린 환상의 섬으로 들어가는 아공간 입구 위치 정보를 앞뒤 생각하지 않고 덥석 물 정도로 말이야."

"그건 미국 지부도 마찬가지 아닙니까?"

"미국 지부에서 청동 거울을 노리고 있었던 건 사실이네. 하지만 노리는 목적이 다르지."

"그게 무슨 말 입니까?"

"자네도 이야기는 들어 봤을 거야. 미국에서 비밀리에 시행하고 있는 몬톡 프로젝트에 대해서."

"······!"

서진철 관장의 말에 김태성은 놀란 표정을 지었다.

몬톡 프로젝트라니!

그건 분명······.

"공간 이동 및 시간 이동에 관한 프로젝트 아닙니까? 인터넷에서 음모론으로 많이 나오던데요?"

"글쎄··· 자네는 정말 몬톡 프로젝트가 단순한 음모론이라 생각하나?"

서진철 관장은 의미심장한 미소를 지어보였다.

"설마 그 프로젝트가 사실이라는 말 입니까?"

김태성은 침을 꿀꺽 삼켰다.

공간 이동 및 시간 이동에 관한 프로젝트.

그것은 곧……

"사실이네. 미국은 차원 이동에 관한 연구 프로젝트를 진행 중이지."

"허……"

김태성은 헛웃음을 흘렸다.

설마 미국에서도 차원 이동에 관한 연구를 하고 있었다니.

"그렇게 놀랄 일은 아니야. 미국은 세계 강대국 중 하나이고 마법 협회의 본부가 있는 국가니까. 그리고 우리도 불과 얼마 전까지 차원의 문에 대해 연구를 하고 있었다는 사실을 잊지 말게."

서진철 관장의 말이 맞았다.

이미 세계 강대국들의 마법 협회 지부들은 걸음마 수준이긴 하지만 조금씩 차원의 문에 관한 연구를 시작하고 있었다.

그중 가장 앞서나가고 있는 나라가 미국과 한국이었을 뿐이다.

"그럼 일본은 차원 이동 연구에 관해서 미국과 다르단 말입니까?"

"그렇네. 차원 이동 연구에 관해서는 같지만 목적이 다르지. 미국은 차원 이동 그 자체에 대해 연구를 하고 있지만, 일본에게 있어 차원 이동은 수단이지 목적이 아니야."

"그 말은⋯⋯?"

"일본은 무언가 목적을 이루기 위해서 차원 이동을 하려고 하는 것 같네."

"⋯⋯!"

요컨대, 미국은 차원 이동 기술에 관심이 있고 일본은 차원 이동을 통하여 무언가 이루려 하고 있다는 소리였다.

"그렇다면 역시 청동 거울을 잃은 게 뼈아프군요."

청동 거울을 계속 연구 할 수 있었다면, 일본 지부가 무엇을 노리고 있을지 알아낼 수 있을지도 몰랐다.

하지만 청동 거울은 정체불명의 괴생명체, 팬텀과 함께 아공간에 봉인되었다.

다시 찾기란 힘든 일이었다.

"어쩔 수 없는 일이지. 그렇게라도 하지 않았다면 차원의 저편에서 무슨 존재가 넘어오게 되었을지 모르니 말이야."

"그야 그렇지요."

김태성은 칠흑의 원 너머로 존재하던 거대한 괴생명체를 떠올리고는 몸을 떨었다.

그때의 괴생명체가 팬텀이라는 사실은 알고 있었지만, 그럼에도 불구하고 몸이 떨려오는 것을 막을 수 없었다.

칠흑의 원 너머에 있던 팬텀은 지금 다시 생각해봐도 공포 그 자체였다.

두 번 다시 보고 싶지 않을 정도로 말이다.

"그런 존재로부터 인류를 지켜야 하는 겁니까?"

"직접 보지 못해 모르겠지만 지켜야 하네. 그렇지 않으면 앞으로 어떻게 될는지……."

서진철 관장은 말꼬리를 흐렸다.

사해문서에 적혀 있는 구절은 명확했다.

만약 인류가 팬텀에 대항할 수단을 찾지 못한다면 남는 건 파멸뿐이었다.

"김현성 군이 도움이 될 만한 정보를 가져왔으면 좋겠군요."

"나도 마찬가지네."

서진철 관장과 김태성은 일본에 가 있는 현성이 무언가 중요한 정보를 알아오기를 간절히 바랐다.

$$*\qquad *\qquad *$$

일본 시즈오카 공항.

인천국제공항에서 시즈오카 공항으로 향하는 아시아나 항공기에 몸을 실은 현성은 약 두 시간 정도 걸려 일본에 도착했다.

항공기에서 내린 현성은 일본까지 따라온 서유나와 최미현을 데리고 시즈오카 공항에서 간단한 입국심사를 거쳤다.

그리고 발걸음을 옮겨 공항 로비로 나오니 오른편에 편의

점이 보였으며, 정면에는 인포메이션 센터가 보였다.

"흠. 일본에 도착하면 마중을 나온 자들이 있다고 하더니만⋯⋯."

현성은 공항 로비를 둘러봤다.

공항 내부는 비교적 한산한 편이었다.

시즈오카 공항은 그리 크지 않은 규모였지만 있을 건 다 있었다.

레스토랑이나 쇼핑센터를 비롯한 편의점과 각종 편의 시설이 있었으며, 3층에는 전망대까지 구비되어 있었다.

그리고 공항 로비 한쪽에 후지산 광고 코너가 마련되어 있기도 했다.

"여기다."

그때 약간 어눌한 한국어 소리가 들려왔다.

황급히 고개를 돌리니 2층 계단에서 내려오고 있는 일련의 검은색 무리들이 보였다.

"오래만이군, 김현성."

검은색 무리들의 선두에는 허리까지 내려오는 흑단 같이 길고 검은 머리카락에 검은색 코트를 걸치고 있는 20대 중후반의 여인이 있었다.

그녀는 다름 아닌 요모기 연합의 후계자이자 이번 임무의 의뢰자인 요모기 쿠레하였다.

요모기 쿠레하는 환한 미소로 현성을 맞이했다.

＊　　　＊　　　＊

검은색 승용차 안.

"……"

지금 현성은 좌불안석이 따로 없었다.

운전석에는 선글라스를 쓴 30대 중후반의 꽁지머리 사내 타츠야가 차를 몰고 있었고, 조수석에는 요모기 쿠레하가 타고 있었다.

그리고 현성은 뒷좌석 중앙에 앉아 있었는데 좌측에는 서유나가, 우측에는 최미현이 각각 자리 잡고 있었다.

"왜 이런 혹들을 줄줄이 달고 온 건가, 김현성."

"뭐라구요!"

"……"

쿠레하의 한마디에 최미현과 서유나가 현성의 양 옆에서 각기 다르게 반응한다.

최미현은 쌍심지를 켜며 소리치고, 서유나는 아무 말이 없었지만 대신 온몸에서 싸늘한 한기를 흘렸다.

그 중심에 있는 현성으로서는 여간 고역이 아닐 수 없었다.

"당신 최미현이라고 했지? 왜 국정원의 요원이 이곳에 있는 거지?"

"토, 통역관으로 온 거예요!"

일순 최미현은 뜨끔한 표정을 지었지만 이내 적당히 둘러 댔다.

사실 이곳에서 가장 없어도 될 사람은 다름 아닌 최미현이었다. 이번 일은 일본 국내의 문제로 국정원이 개입할 이유가 없었으며, 서유나와 현성은 쿠레하의 요청으로 한국 지부 대표 자격으로 와 있는 것이니 말이다.

"통역관? 이 둘에게 통역관이 필요하나?"

"으……."

쿠레하의 말에 최미현은 위축되었다.

서유나도, 현성도 능숙하게 일본어를 사용하고 있었다. 기본적인 일상 회화 정도는 전혀 지장이 없을 정도였다.

"가, 감시역으로 왔어요."

"감시? 대체 누구를?"

"이 둘이요."

쿠레하의 반문에 최미현은 현성과 서유나를 곁눈질하며 대답했다.

그러자 쿠레하가 궁금한 얼굴로 최미현을 바라봤다.

"그게 무슨 말이지?"

"잠깐 귀 좀."

최미현은 쿠레하의 귓가에 입을 가져가더니 현성과 서유나를 힐끔힐끔 쳐다보며 속닥속닥 비밀스럽게 몇 마디 건넸다.

잠시 후, 쿠레하는 결연한 표정으로 입을 열었다.

"그 감시 나도 전면적으로 협력하도록 하지."

"환영합니다."

쿠레하의 말에 최미현은 밝은 미소로 화답했다.

"……"

현성은 최미현이 쿠레하에게 무슨 말을 건넨 것인지 궁금했지만 차마 물어볼 엄두가 나지 않았다.

이에 얼음 같은 차가운 표정으로 꼿꼿이 좌석에 앉아 있던 서유나가 작은 한숨을 내쉬며 입을 열었다.

"최미현 씨. 쓸데없는 말은 하지 마시죠. 지금 당신은 일시적이긴 하지만 마법 협회 한국 지부의 대표 자격으로 일본에 온 것이니까요."

"어머나. 왜 저에게 존댓말을 쓰실까. 예전처럼 그냥 말 놓으시죠, 서유나 씨."

서유나와 최미현은 파지직거리며 강렬한 스파크가 생길 것 같은 시선으로 서로를 노려봤다.

서유나는 미현과 대화를 할 때 기본적으로는 존댓말이었지만 종종 반말도 섞기도 했다.

그러는 경우는 대개 현성과 직접적으로 연관된 주제였을 때지만 말이다.

그리고 그녀들 사이에 끼인 현성만 죽을 맛이었다.

최미현이 이번 임무에 포함된 진짜 이유는 마법 협회 한국 지부와 국정원간의 긴밀한 협력관계를 구축하기 위함이었다.

하지만 최미현과 서유나의 관계가 썩 좋지 않은 것 같아 보여 현성은 그녀들을 중재하기로 결정했다.

"쓸데없는 소리는 이제 그만 하고 본론으로 들어가……."

짜악!

"……."

말을 채 끝마치지 못하고 현성은 식은땀을 흘렸다.

갑자기 서유나와 최미현이 현성의 양팔을 꽉 붙들며 양옆에서 무서운 눈으로 노려보기 시작했기 때문이다.

'아, 아니 왜 날…….'

이대로 가다간 두 명의 여인이 싸움이 날 것 같아 중간에 중재를 해주었을 뿐인데 왜 이런 취급을 받아야 한단 말인가.

'허허… 팔십 년을 살아도 여자 마음은 도무지 모르겠군.'

현성은 억울한 표정으로 조수석에 앉아 있는 쿠레하에게 도움을 요청하는 눈빛을 보냈다.

"김현성. 네가 나빴다."

"노코멘트."

하지만 믿었던 쿠레하는 현성을 배신했고, 유일하게 차안에서 남자인 타츠야는 현성이 도움을 요청하기도 전에 선수를 쳐버렸다.

고요함이 감도는 검은색 승용차 안에서 소리 없는 현성의 절규가 들려오는 듯했다.

그 순간,

슈우우웅.

어디선가 공기를 가르며 쇄도해오는 소리가 들려왔다.

그리고…….

콰콰콰쾅!

"우와앗!"

별안간 현성이 타고 있는 승용차 오른 편에서 굉음과 함께
폭발이 일어나는 게 아닌가?

끼이익!

그 탓에 운전을 하고 있던 타츠야가 황급히 핸들을 왼편으
로 틀었다.

"뭐, 뭐야?"

운전석에서 타츠야가 놀란 얼굴로 창문 밖을 향해 고개를
내밀며 하늘을 올려다봤다.

투타타타타.

바로 그곳에 조금씩 저물어가는 석양을 배경으로 헬기 한
대가 저공비행을 하며 날고 있었다.

OH-1 정찰헬기.

OH-6D 경량형 헬기를 대체하기 위해서 일본이 자체개발
한 정찰헬기로 닌자라는 별칭을 가지고 있다.

무관절 로터 시스템을 채용하여 고기동성을 확보하였으

며, 조종석은 텐덤식으로 두 명의 파일럿이 탑승한다.

현재 일본육상자위대에 실전배치 되어 있으며 주 무장은 스팅어 미사일이다.

OH—1 정찰헬기는 코브라나 아파치 같은 전투헬기를 보조하기 위해 만들어졌기 때문에 기본적인 무장은 공대공 미사일밖에 없었다.

하지만 지금 후지산 산기슭을 저공비행하고 있는 OH—1 정찰헬기는 달랐다.

M230—E1 30mm 기관총부터 시작해서 헬파이어 대전차 미사일이 2발, 로켓포드 8발로 완전 무장해 있었던 것이다.

명백히 정찰헬기에서 전투헬기로 개조되어 있었다.

"저게 무슨⋯⋯."

현성을 비롯해서 승용차 안에 타고 있던 모두는 어안이 벙벙한 표정을 지었다.

정황적으로 보았을 때, 하늘에 떠 있는 헬기가 로켓탄 공격을 해온 것이니 말이다.

드르르르륵!

순간 OH—1 전투헬기에 장착된 M230—E1 30mm 기관총이 불을 뿜기 시작했다.

"헉!"

이에 화들짝 놀란 타츠야는 재빨리 고개를 집어넣고 엑셀을 밟았다.

부아아앙!

급발진하듯 출발한 승용차 주위로 흙먼지가 피어오르며 M230—E1 30mm 기관총의 총탄이 박혔다.

"이, 이게 대체 무슨 일이죠?!"

"그걸 내가 어떻게 알아!"

갑작스럽게 쏟아지는 총탄 세례에 최미현이 질린 얼굴로 소리치자, 쿠레하가 신경질적으로 소리치며 대답했다.

슈우우웅!

"……!"

다시 한 번, 로켓탄이 날아드는 소리가 들오자, 승용차 안의 모두는 긴장한 얼굴로 약속이라도 한 것처럼 몸을 최대한 숙였다.

콰콰콰쾅!

와장창! 쿵!

이번에는 왼쪽 편에서 폭발이 일어났다.

꽤 지근거리에서 터진 탓에 왼쪽 유리창이 깨져나가며 승용차가 들썩였다.

"으윽!"

그리고 뒷좌석에 타고 있던 서유나가 신음을 흘렸다.

"괜찮습니까?"

현성은 서유나의 몸 위에 떨어져 내린 유리를 치우며 물었다.

"내 걱정은 하지 않아도 된다."

서유나는 괜찮다는 얼굴로 대답했다.

하지만 그런 서유나의 얼굴에는 한줄기 피가 흐르고 있었다. 조금 전 폭발의 여파로 깨진 유리 파편에 머리를 다친 모양이었다.

"……"

그것을 본 현성은 눈살을 찌푸렸다.

그리고 서유나의 머리에 손을 가져다 댔다.

"힐(Heal)."

현성의 손에서 초록색 빛이 흘러나오는가 싶더니 서유나의 상처가 아물었다.

'아무래도 안 되겠군.'

현성은 싸늘한 표정을 지었다.

"잠시 기다려주세요. 저건 제가 해결하고 오겠습니다."

"뭣? 그게 무슨……?"

현성의 말에 서유나가 의아한 얼굴로 반문했다.

하지만 그녀는 현성을 더 이상 현성을 볼 수 없었다.

이미 현성이 3클래스 단거리 공간 이동 마법인 블링크로 차안에서 모습을 감췄으니까.

"감히 상처를 냈겠다?"

어느새 블링크로 승용차의 천장 위에 모습을 드러낸 현성은 하늘 위에 떠 있는 OH-1 전투헬기를 싸늘한 눈으로 노려봤다.

타타타타탕!

OH-1 전투헬기의 전방에 장착되어 있는 1문의 M230-E1 30mm 기관총에서 발사된 총탄이 공기를 가른다.

승용차 뒤쪽으로 흙먼지가 일렬로 치솟아 오르며 현성을 향해 다가왔다.

"앱솔루트 실드(Absolute Shield)!"

현성은 8클래스 절대 방어 마법을 시전했다. 그러자 반구형의 방어막이 생겨났다.

터터터터텅!

M230-E1 30mm 기관총의 총탄이 무서운 기세로 현성의 머리위로 쏟아졌지만 반구형 방어막에 막혀 전부 튕겨나갔다.

아무리 M230-E1 30mm 기관총의 총탄 한 발 한 발이 위력적이라고는 해도 8클래스 절대 방어 마법을 뚫을 수 없었다.

그리고 현성이 8클래스 마법을 썼다는 사실을 승용차에 타고 있던 서유나는 알아차리지 못했다.

그저 마나 변동이 제법 크다는 사실만 알아차렸을 뿐이었다.

푸슈우우웅! 쉬이이이익!

그때 OH-1 전투헬기에 장착된 미사일 두 발이 허공에 뿌러지더니 이내 강렬한 불꽃과 연기를 토하며 현성을 향해 쇄도해 오기 시작했다.

헬파이어 대전차 미사일이었다.

"플라이(Fly)!"

현성은 다급히 3클래스 공중부양 마법을 시전하며 하늘로 날아올랐다.

그리고 자신을 향해 다가오는 헬파이어 대전차 미사일을 바라봤다.

전차의 두터운 장갑도 가볍게 뚫어버리는 위력을 가진 대전차 미사일, 헬파이어.

인류가 개발한 흉악한 병기를 향해 날아들며 현성은 침착하게 4클래스 마법을 시전했다.

"라이트닝 블레이드(Lightning Blade)!"

쉬이이이익!

푸른 전격의 칼날이 공간을 가르며 헬파이어 대전차 미사일을 향해 날아들었다.

콰콰콰콰쾅!

전격의 칼날을 마주한 헬파이어 대전차 미사일은 스파크를 번쩍이더니 두 조각이 나며 굉음과 함께 폭발했다.

폭음과 폭염으로 대기가 진동한다.

시뻘건 폭염이 넘실거리며 수많은 파편들이 하늘을 날고 있는 현성을 덮쳤다.

"김현성!"

"현성 군!"

그 장면을 승용차 뒤 창문으로 지켜보고 있던 세 명의 여인들이 비명을 지르듯 현성의 이름을 불렀다.

그에 대답이라도 하는 것일까.

얼마 지나지 않아 폭염을 뚫고 검은 연기를 헤치며 현성이 모습을 드러냈다.

"후… 조금이라도 늦었으면 위험할 뻔했군."

헬파이어 대전차 미사일이 폭발하기 직전 현성은 앱솔루트 실드를 시전해 몸을 지켰던 것이다.

"이번엔 내 차례다."

현성은 싸늘한 미소와 함께 OH—1 전투헬기를 노려봤다. 그리고 OH—1 전투헬기를 중심으로 빙글빙글 원을 그리며 날기 시작했다.

"매직 미사일(Magic Missile)!"

현성의 몸 주변에서 생성된 다섯 발의 빛줄기가 OH—1 전투헬기를 향해 날아들었다.

쾅! 콰쾅!

매직 미사일이 강타될 때마다 OH—1 전투헬기는 마치 해머로 두들겨 맞는 것처럼 휘청거렸다.

그러나 별달리 타격을 받아 보이진 않았다.

이내 자세를 제어하며 현성을 향해 M230—E1 30mm 기관총을 겨누려고 했으니 말이다.

하지만 매직 미사일은 반격의 서막일 뿐이었다.

"파이어 볼(Fire Ball)!"

이번에는 현성의 주변에 불타오르는 파이어 볼이 모습을 드러냈다. 파이어 볼은 이내 OH-1 전투헬기를 향해 쇄도했다.

사람 머리보다 더 큰 파이어 볼이 날아들자 이번만큼은 경시할 수 없었는지 OH-1 전투헬기는 당황하며 회피기동에 들어갔다.

"어림없다."

OH-1 전투헬기가 파이어 볼을 피하려고 하자 현성은 코웃음을 치며 손짓했다.

그러자 파이어 볼이 OH-1 전투헬기의 회피 경로에 맞춰 움직이는 게 아닌가?

콰앙!

OH-1 전투헬기에 적중한 파이어 볼은 소규모 폭발을 일으켰다. 그 덕분에 OH-1 전투헬기는 파이어 볼의 폭염을 헤치며 휘청거렸다.

하지만 그것으로 끝이 아니었다.

"파이어 미사일(Fire Missile), 아이스 미사일(Ice Missile), 윈드 미사일(Wind Missile)!"

그 뒤를 이어서 현성은 자잘한 1클래스 공격 마법을 시전했다.

현성의 몸 주변으로 무수히 많은 각 속성의 마법 유도탄들이 생성되더니 OH−1 전투헬기를 향해 날아들었다.

쾅! 콰쾅! 콰콰쾅!

조금 전 매직 미사일과는 차원이 다른 공격이었다.

각 속성의 수십 수백에 달하는 마법 유도탄들이 OH−1 전투헬기를 중심으로 원을 그리며 집요하게 두들겨 댔으니 말이다.

한 발 한 발 위력이 크진 않았지만, 수십 수백 발이나 되는 공격을 이기지 못하고 OH−1 전투헬기의 이곳저곳에서 작은 폭발이 일어났다.

그리고 얼마 지나지 않아 기어이 OH−1 전투헬기의 꼬리 날개가 터져나가고 말았다.

그 때문에 OH−1 전투헬기는 메인로터의 회전력을 이기지 못하고 빙글빙글 돌았다.

"끝이다! 소닉 바이브레이션 블레이드(Sonic Vibration Vibration)!"

8클래스 마법을 시전하며 현성은 OH−1 전투헬기를 향해 달려들었다.

현성의 손에서 음속에 의해 발생한 진공의 칼날이 파공성을 내며 OH−1 전투헬기를 난도질 했다.

OH−1 전투헬기는 문자 그대로 수십 조각이 났다.

콰콰쾅!

OH-1 전투헬기는 연료탱크와 로켓포드에 장착되어 있는 로켓탄들이 유폭되며 불꽃놀이에 쓰이는 폭죽처럼 화려하게 폭발했다.

자그마치 대략 8억 5천만 달러나 하는 불꽃놀이 폭죽이었다.

그렇게 일본에서 자부심을 가지고 자체개발한 OH-1 전투헬기는 불꽃놀이의 폭죽처럼 폭발하며 지면에 추락했다.

털썩.

OH-1 전투헬기가 추락한 현장 근처에 착지한 현성은 들고 있던 파일럿 두 명을 땅바닥에 집어던지듯 내려놓았다.

소닉 바이브레이션 블레이드에 난도질당한 OH-1 전투헬기가 폭발하기 전에 현성은 파일럿들을 빼냈다.

하지만…….

"죽었나……."

현성이 OH-1 전투헬기에서 구출하는 짧은 시간에 파일럿들은 이미 죽어 있었다.

입에서 피를 토하고 있는 것으로 보아 미리 준비해 둔 독약을 삼킨 모양이었다.

"대체 누가……."

현성은 눈살을 찌푸렸다.

설마 일본에서 공격헬기의 습격을 받을 거라고는 상상도

하지 못했다.

그리고 파일럿들을 심문해서 누가, 무엇 때문에 자신들을 노렸는지 심문을 할 생각이었는데 이미 자살을 해버린 후였다.

"일본 자국 내에서 이런 미친 짓거리를 할 인간들은 몇 안 될 테지."

동아시아에서 일본은 치안 유지가 높은 국가 중에 하나다.

그런 국가에서 공격 헬기가 습격을 해오다니.

"역시 일본 지부밖에 없겠군."

일본에서 이런 정신 나간 헛짓거리를 할 수 있는 단체는 극우 집단밖에 없었다.

현재도 일본 극우 단체에서는 독일 나치 깃발을 들고 행진하거나, 한국 대통령을 비하하는 만화까지 그리고 있는 판국이니 말이다.

정말 대책 없는 집단이 아닐 수 없었다.

"그리고⋯⋯."

지면에 추락한 채 여전히 불타오르고 있는 OH—1 전투헬기를 뒤로하고 현성은 몸을 돌렸다.

그러자 현성의 눈앞에 놀람 반, 걱정 반으로 다가오고 있는 세 명의 여인이 보였다.

그녀들 중 현성은 요모기 쿠레하를 조용히 응시했다.

갑작스러운 공격헬기의 습격.

이 일이 벌어진 이유는 분명 요모기 연합이 마법 협회 한국 지부에 도움을 요청한 것과 깊은 관계가 있을 터.

"이제 무슨 일이 벌어지고 있는지 이야기를 들어볼까?"

현성은 자신의 곁으로 다가온 요모기 쿠레하에게 설명을 요청했다.

제 3 장
요모기 쿠레하의 의뢰

일본 전통 가옥 내.

마법 협회 일본 지부의 지부장인 이케다 신겐은 가옥 내에 있는 다다미방에서 턱수염을 쓰다듬으며 생각에 잠겨 있었다.

"요모기 연합이라……."

이전부터 마법 협회 일본 지부는 요모기 연합을 지켜보고 있었다.

얼마 전, 한국에서 작전을 추진했던 마약 및 위조지폐 사건이 실패한 이유가 요모기 연합과 관련성이 있다고 보고 감시를 해오고 있었던 것이다.

"도조 히데유키."

"예, 예!"

이케다 신겐의 말에 정좌를 하고 있던 검은색 양복을 입고 있는 40대 중반의 사내가 화들짝 놀라며 대답했다.

그는 아베 신이치를 대신하여 들어온 인물로 이케다 신겐 앞에서 안절부절 못하고 있었다.

"자네도 알고 있겠지? 얼마 전 요모기 연합에서 한국 지부로 연락을 했다는 사실을 말이야."

"예, 물론입니다."

얼마 전 일본 지부는 요모기 연합이 한국 지부에 도움을 요청한 사실을 알아냈다.

그래서 한층 더 감시를 강화한 결과, 오늘 요모기 연합에서 후지산 시즈오카 공항으로 이동을 하는 게 아닌가?

요모기 연합에서 한국 지부의 인물들을 접선하러 간 것이라고밖에 생각할 수 없는 타이밍이었다.

그래서 미리 준비를 하고 있던 일본 지부에서는 방해공작을 펼쳤다.

"그런데 임무를 실패해?"

이케다 신겐은 다다미 방 안에 앉아 눈앞에 있는 좌불안석의 사내를 죽일 듯이 노려봤다.

"죄송합니다! 죄송합니다!"

심기가 불편해 보이는 이케다 신겐의 노성에 도조 히데유키는 벌벌 떨며 방바닥에 엎드렸다.

"도조 히데유키. 자네 앞에 있던 아베 신이치가 어떻게 되었는지 알고 있나?"

"죄송합니다! 죄송합니다!"

쿵쿵!

이케다 신겐의 말에 도조 히데유키는 그저 죄송합니다라는 말만 반복하며 부들부들 몸을 떨면서 땅바닥에 머리를 찧었다.

아베 신이치가 어떻게 되었는지 알고 있었기에 나오는 행동이었다.

'저, 절대 그처럼 될 수는 없어!'

한때 엘리트 출신이었던 아베 신이치는 지금 이시이 연구소의 실험체로 전락해 있었다.

그 일로 인해 일본 지부 조직내부에서도 시끄러웠지만, 이케다 신겐의 서슬 퍼런 눈초리 때문에 아무도 불만을 표하는 자가 없었다.

단지 가슴 속에 묻고 있을 뿐.

"그런데 일을 이따위로 처리해?!"

쿠우웅!

"으헉!"

도조 히데유키는 온몸을 짓누르는 느낌에 눈을 부릅떴다.

숨이 턱 막히고 몸을 움직일 수 없었다.

'이, 이게 이케다 신겐님의 중력 마법… 으윽……'

"요, 용서해 주십……."

"닥쳐라!"

"크악!"

순간적으로 등을 가격하는 듯한 강력한 중력에 도조 히데유키는 피를 토하며 축 늘어졌다.

"에잉, 빌어먹을 놈 같으니."

이케다 신겐은 똥 씹은 얼굴로 중력 마법을 거둬들이며 도조 히데유키를 내려다봤다.

힘 조절을 해서 죽지는 않았지만, 도조 히데유키는 눈을 까뒤집고 기절해 있었다.

"이놈이나 저놈이나 쓸모가 없어."

이케다 신겐은 기분이 좋지 않았다. 부하들의 실패가 부쩍 늘어났기 때문이다.

특히나 최근 들어 일본 지부의 미션 완수율은 바닥을 기고 있었다.

"어떻게 헬기로 습격을 했으면서 되려 당할 수가 있는 거지?"

이케다 신겐은 턱수염을 쓰다듬으며 생각에 잠겼다.

아무리 우수한 마법사라고 해도 현대 과학 병기 앞에서는 무력했다.

마법사도 인간이기 때문이다.

대체 전차나 전투기를 무슨 수로 상대한단 말인가?

"고위 서클이 아닌 이상 어림 반 푼어치도 없는 일이지."

최소 6서클 이상의 위저드급이 아니면 이야기의 성립조차
되지 않는다.

그리고 유감스럽게도 현대의 마법사들은 대부분이 3서클
미만이었다.

그 때문에 이케다 신겐은 심기가 매우 불편했다.

"대일본제국의 자랑인 OH−1 전투헬기가 쓰레기 같은 조
센징에게 패하다니⋯⋯."

이케다 신겐은 한국 지부 마법사에게 전투 헬기가 파괴당
했다는 사실보다 불쾌감이 더 앞섰다.

일본 극우 집단 사이에서 OH−1 정찰헬기는 일본에서 자
체개발한 헬기라는 사실에 자부심이 굉장히 높았다.

일본 극우파의 선두주자라고 할 수 있는 이케다 신겐도 예
외는 아니었다.

그 또한 OH−1 정찰헬기에 대한 자부심이 대단했다.

그 때문에 본래 스팅어 대공 미사일밖에 무장하지 못하는
OH−1 정찰헬기를 거금을 들여 개조한 끝에 M230−E1
30㎜ 기관총과 헬파이어 대전차 미사일 2발, 로켓포드 8발
을 무장 장착시켰던 것이다.

정찰헬기라기보다 전투헬기라고 해도 손색이 없으리라.

"OH−1 전투헬기면 눈엣가시 같은 한국 지부 마법사 놈들

을 쓸어버릴 수 있을 거라 여겼거늘……."

하지만 결과는 대실패.

"거기다 아직 소년으로 보이는 마법사에게 파괴당했다고? 무슨 말이 되는 소리를 해야지, 원."

이케다 신겐은 눈앞에서 여전히 기절해 있는 도조 히데유키를 내려다보며 혀를 찼다.

도조 히데유키의 보고에 의하면 OH—1 전투헬기를 파괴시킨 마법사는 약관 스무 살도 안 된 소년이라고 했다.

어디 그게 말이 될법한 소린가?

아니, 그전에 아무리 마법사라고 해도 맨몸의 인간이 OH—1 전투헬기를 상대할 수 있을 리 없었다.

이케다 신겐은 무언가 오류가 생겼거나, 아니면 한국 지부에서 무언가 자신들이 모르는 비겁한 꼼수를 썼을 거라 생각했다.

"서진철 관장 외에는 별 볼일 없는 쓰레기 같은 조센징 놈들이 뭘 할 수 있을거라고."

이케다 신겐은 일본 극우 집단들이 그렇듯 기본적으로 한국인을 얕잡아 보고 있었다.

그가 오직 인정하고 있는 인물은 서진철 관장뿐이었다.

"하지만 드디어 꼬리를 잡았군."

이케다 신겐은 기분 나쁜 미소를 지었다.

지금까지 임무를 실패해 온 이유에 대한 실마리를 잡은 것이다. 대체 무슨 수로 일본 지부의 작전을 방해해 왔는지는 모르지만 이제 그것도 끝이었다.

"일본에 온 것이 네놈의 실수다."

일본은 말 그대로 일본 지부의 홈그라운드.

무슨 수를 써서라도 일본 지부의 위대한 작전을 방해한 인물을 생포하거나 혹은 처리할 것이다.

이케다 신겐은 그렇게 될 거라 믿어 의심치 않았다.

그는 일본에 대한 자신감과 자부심으로 똘똘 뭉쳐 있었으니까.

"반드시 붙잡아서 네놈의 비밀을 캐내어주지."

이케다 신겐은 자신감이 넘치는 표정을 지었다.

그리고 여전히 다다미방위에서 정신을 잃고 있는 도조 히데유키를 힐끗 내려다봤다.

쿵!

"으억!"

이케다 신겐이 손짓을 하자 차돌 같이 무거운 중력이 도조 히데유키의 뒤통수를 가격했다.

그러자 도조 히데유키는 화들짝 놀라며 정신을 차렸다.

"도조 히데유키. 이시이 연구소에 연락을 넣어라. 오퍼레이션 프레데터를 준비하라고 말이야."

"예. 예! 알겠습니다!"

갑작스럽게 정신을 차리고 이케다 신겐의 말을 들었지만

도조 히데유키는 감히 되물을 수 없었다.

이케다 신겐 앞에서 무능한 모습을 보이는 순간 아베 신이치 꼴이 될 수도 있었으니까.

도조 히데유키는 정신을 번쩍 차린 모습을 보이며 이케다 신겐이 있는 다다미방에서 나갔다.

분명 그는 부리나케 달려가 이시이 연구소에 연락을 넣어 다음 작전을 진행하라는 이케다 신겐의 명령을 전달하리라.

"다음 함정에 걸려드는 게 기대되는군."

이미 일본 지부를 방해한 인물을 잡기 위한 작전은 진행 중이었다.

이케다 신겐은 곰방대를 꺼내고 뻐끔뻐끔 담배를 피우기 시작했다.

*   *   *

일본 후지산 산기슭.

요모기 연합의 본가는 후지산 산기슭의 숲 속에 위치해 있었다. 정문을 통과하면 약 수백 평에 달하는 토지와 넓은 정원이 보이고, 그 너머에 일본 전통식 가옥이 보인다.

요모기 연합이라는 야쿠자 조직답게 본가 내부에는 검은색 양복을 입은 사내들이 즐비했다.

"……."

그리고 지금 현성은 일본 전통 가옥 내에 있는 응접실 겸 다다미방에서 정좌를 하고 앉아 기모노 차림의 쿠레하에게 일본 차를 대접받고 있었다.

일본 다도는 700년 전통으로 정숙한 분위기 속에서 예를 지키며 차를 마신다.

쿠레하는 우아한 동작으로 차를 태워 다다미방 안에 있는 현성을 비롯한 서유나와 최미현 앞에 찻잔을 내려놓았다.

세 명은 최대한 예법을 지키며 조용히 차를 마셨다.

잠시 후, 차 시음이 끝나자 현성은 일본 인형 같이 예쁘게 기모노를 차려 입은 쿠레하를 바라보며 입을 열었다.

"이제 이야기를 들어봤으면 좋겠는데."

헬기 한 대가 추락하고 파일럿 두 명이 사망하는 큰 사건이 발생한지 수 시간이 지났다.

비록 인적이 드문 후지산 산기슭에서 생긴 일이었지만, 그만한 사건이면 뉴스나 인터넷 등등, 이곳저곳에서 시끄러워져도 이상하지 않았다.

하지만 여전히 일본은 조용했다.

정보 은폐가 행해지고 있다는 반증이었다.

그리고 일본에서 이만한 사건을 은폐할 수 있는 조직은 일본 정부이거나 혹은 마법 협회 일본 지부 정도밖에 없을 것이다.

"우리들이 고아원을 운영하고 있다는 사실을 알고 있나?"

"고아원? 금시초문이군."

"그렇겠지."

현성의 대답에 쿠레하는 씁쓸한 미소를 지었다.

자신들은 야쿠자 조직이었다. 일본에 존재하는 야쿠자들 중에서 고아원을 운영하는 조직은 자신들밖에 없었다.

고아원 운영은 수익은커녕 소비만 계속 되는 자선사업과 다름없었으니 말이다.

하지만 그럼에도 요모기 연합에서는 지역 사회 공헌을 위해서 고아원을 설립하여 운영해 왔다.

"수년 전부터 우리들은 고아원 한 곳을 운영해 왔다. 그런데……."

돌연 쿠레하의 안색이 어두워졌다.

"수일 전, 고아원에서 돌보던 원장과 고아원 선생 한 명이 살해당했더군."

"살해당했다고?"

그녀의 말에 현성의 비롯한 서유나와 최미현은 놀란 표정을 지었다.

"그럼 아이들은 어떻게 되었지?"

현성의 질문에 쿠레하는 씁쓸한 표정을 지었다.

"한 명을 남겨두고 전원 사라졌다."

"……!"

현성은 쿠레하의 말에 눈살을 찌푸렸다.

그녀의 말에 의하면 누군가가 고아원을 습격하여 고아원 선생들을 살해하고 아이들을 납치했다는 소리가 아닌가?

"한 명만 남았다고?"

"그 아이는 원장실의 천장에 숨어 있는 것을 겨우 발견했다. 운이 좋았다고 해야겠지."

"그럼 그 아이는 어디에?"

"일단 본가에서 보호 중이다."

"흠……."

현성은 생각에 잠겼다.

대체 습격자는 무슨 목적으로 아이들을 납치한 것일까?

"모두 하룻밤 사이에 일어난 일이지. 우리들은 행방불명된 아이들을 찾으려고 했지만 결국 찾지 못했다."

"경찰들은?"

"경찰?"

순간 쿠레하는 자조적인 미소를 지었다.

"우리가 무슨 조직인지 잊었나? 경찰들은 오히려 우리들을 범인 취급을 하며 의심하더군. 그리고 그들은 전혀 도움이 안 돼. 연락을 해봐야 여전히 조사 중이라는 말만 앵무새처럼 반복할 뿐이지."

쿠레하는 경멸 어린 표정을 지었다.

사람이 두 명 죽어나가고, 열 명 가까이 되는 어린 아이들이 사라졌다.

경찰들이 사력을 다해 찾아도 시원찮을 판국에도 그들은 여유로웠다.

수사본부를 세운다고 며칠, 수사 인력을 모은다고 며칠 이러면서 아까운 시간만 낭비했던 것이다.

"그래서 우리들은 스스로 조사를 할 수밖에 없었다. 조직의 체면 문제도 있지만, 무엇보다 실종된 아이들을 찾는 게 급선무였으니까."

그렇게 요모기 연합은 조직원들을 풀어서 범인 추적에 나섰다.

"힘겨운 나날이었지. 조직 내부에서는 왜 이렇게까지 실종된 아이들을 찾아야 하냐고 반대의 목소리도 나오고 있었고, 외부에서는 우리 조직의 자작극이 아니냐라는 목소리도 나오고 있었으니 말이야."

그때의 일이 떠오르는지 쿠레하는 씁쓸한 미소를 지었다.

"그렇게 조사 끝에 우리들은 단서를 찾을 수 있었다."

"단서? 범인의 실마리를 잡은 건가?"

"포기하려고 하는 순간에 겨우 찾아냈지."

"그래서 범인은?"

"극동회가 연관되어 있더군."

"극동회!"

쿠레하의 말에 현성과 최미현은 놀란 표정을 지었다.

극동회가 어떤 조직이던가?

대한민국에 마약과 위조지폐 엔화를 뿌리려고 했던 일본 야쿠자 범죄 조직이 아니던가?

그리고 그 너머에는…….

"그렇다면 이 일은 일본 지부의 짓인가."

"맞아."

조용히 중얼거리는 현성의 말에 쿠레하는 고개를 끄덕이며 동의했다.

현성은 일본 지부의 의도를 알아차렸다.

"아무래도 일본 지부에서 요모기 연합과 한국 지부가 유착하고 있다는 사실을 알고 있었던 모양이군."

"이미 각오는 하고 있었다. 하지만 설마 이런 식으로 나올 줄은……."

쿠레하는 치를 떨며 말꼬리를 흐렸다.

분명 오늘 OH-1 전투헬기를 보낸 것도 일본 지부의 짓이리라.

"일본 지부가 관여해 있다면 요모기 연합만으로는 상대할 수 없겠지."

한국 대표로 현성이 일본에 입국한 첫날 난데없이 OH-1 전투헬기를 보내온 놈들이었다.

마법 협회 일본 지부를 상대하려면 같은 조직인 한국 지부가 상대해야 할 터.

"그 때문에 한국 지부에 지원을 요청한 것이다. 하지만 고작 두 명만 보낸다고 했을 때는 실망스러웠지만 말이야. 네가 와서 정말 다행이라 생각한다."

쿠레하는 살짝 쓴웃음을 지으며 말했다.

앞으로 자신들은 마법 협회 일본 지부와 한바탕 해야 될지도 몰랐다.

그런데 한국 지부에서 지원한 인원은 겨우 2명.

달랑 2명으로 무슨 수로 일본 지부를 상대한단 말인가?

'이전보다 더 강해진 거 같군.'

쿠레하는 뜨거운 눈으로 현성을 바라봤다.

오늘 단독으로 OH—1 전투헬기와 싸우는 현성을 보고 얼마나 놀랐던가?

갑자기 사라지는가 싶더니 어느새 현성은 OH—1 전투헬기와 공중전을 벌이고 있었다.

그뿐만이 아니다.

현성은 가뿐하게 OH—1 전투헬기를 고철더미로 만들었다.

현성의 강함은 쿠레하의 인지를 초월하고 있었다.

"하지만……."

쿠레하는 우려의 빛을 보였다.

현성이 얼마나 강한지 오늘 OH—1 전투헬기를 싸움을 보고 확실히 알았다.

그러나 마법 협회 일본 지부의 전력은 결코 얕볼 수 없었다.

"마법 협회 일본 지부는 강력한 조직이다. 일본으로 귀국한 뒤 일본 지부에 대해 조사를 하면 할수록 잘 알 수 있는 사항이었지."

"그게 무슨 의미지?"

"요모기 연합의 총력을 기울여 조사를 했지만 마법 협회 일본 지부라는 조직이 무엇인지 알아내지 못했다. 극동회의 뒤를 봐주고 있다는 사실을 알고 있었음에도 말이야."

그랬다.

요모기 연합에서 극동회의 뒤를 캐며 마법 협회 일본 지부에 대해 조사를 했었지만, 단서 하나 실마리 하나 잡을 수 없었다.

그만큼 일본 지부는 은밀했다.

그 말은 곧 일본 지부가 가진 권력, 재력, 정보력을 무시할수 없다는 소리였다.

"문제없다."

"뭐?"

하지만 현성은 일언지하에 단언했다. 그 모습을 보고 쿠레하는 황당한 표정을 지었다.

"네가 강하다는 건 인정하지. 하지만 그렇다고는 해도 너는 일개 개인에 지나지 않아. 혼자서 조직을 상대할 수 없다는 것쯤은 잘 알고 있을 텐데?"

한마디로 다굴 앞에 장사 없다는 말이다.

하지만 현성은 여유로운 표정을 지으며 단호하게 말했다.

"네가 걱정할 필요 없다. 내가 전부 알아서 해결할 테니까."

"그 자신감이 어디서 나오는 건지 모르겠군."

결국 쿠레하는 두 손 두 발을 다 들고 말았다.

그녀는 모를 것이다.

현성의 자신감이 여덟 개로 이루어진 마나 서클에서 나오고 있다는 사실을.

지구상에서 8서클을 마스터한 현성을 막을 존재는 없다고 봐야 했다.

이미 현성은 반신적인 존재였으니까.

남은 건, 이드레시안 차원계에서 이룩하지 못했던 9서클을 마스터하는 것뿐.

"그럼 그 자신감을 믿고 한 가지 일을 의뢰해도 될까?"

"뭐지?"

쿠레하의 말에 현성은 흥미로운 표정을 지었다.

"아이들을 수색하던 중 우리들은 어느 인물에게 메일을 한 통 받았다."

"메일?"

"자신이 일본 지부 연구소의 연구 주임이라고 소개하더군."

"일본 지부의 인물이 연락을 해왔다고?"

뜻밖의 사실에 현성은 놀란 표정을 지었다.

그리고 그것은 서유나와 최미현도 예외가 아니었다.

"설마 일본 지부에서 직접 연락을 해올 줄은……."

서유나는 놀란 목소리로 중얼거렸다.

"그건 조금 틀려요. 그는 일본 지부를 대표해서가 아니라 개인적으로 연락을 해왔으니까요."

"개인… 적으로 말인가요?"

그건 그거대로 놀라운 일이었다.

연구 주임이나 되는 인물이 개인적으로 요모기 연합과 접촉하려는 이유는 과연 무엇일까?

"그는 대체 누구죠?"

"이세키 쥬이치로(井石十一郎). 이시이 연구소의 생명공학 연구자에요."

"생명공학?"

쿠레하의 말에 현성의 눈썹이 꿈틀거렸다.

한국 지부의 비밀 연구소에서도 생명공학을 연구하는 부서가 있었다.

그들은 말이 생명공학이지 실제로는 팬텀에 대항하기 위한 생물병기를 디자인하고 제작하고 있던 자들이었다.

그와 같은 부서가 일본 지부에도 있다니?

"생물병기 연구부서인가? 재미있군."

확실히 서진철 관장이 자신에게 일본으로 가보라고 한 이유가 있었다.

'어떤 정보가 있을지는 모르겠지만 일본 지부를 조사해 볼 가치는 있겠지.'

서진철 관장이 자기 자리를 걸고 말할 정도였으니 일본 지부에 팬텀에 대한 정보가 있을 터였다.

"그걸 어떻게 알고 있는 거냐?"

현성의 말에 쿠레하는 놀란 표정을 지었다.

그 말대로 쥬이치로가 보낸 메일에는 생물병기에 관한 정보가 있었던 것이다.

"일본 지부에서 생명공학을 연구한다면 생물병기 연구밖에 없을 테니까. 그리고 병기만큼 고부가 가치를 지닌 제품은 몇 없지."

현성은 대충 말을 둘러대며 얼버무렸다.

"그런가?"

그렇게 틀린 말은 아니었기에 쿠레하는 수긍하는 눈치였다.

하지만 이내 차가운 표정을 지으며 입을 열었다.

"하지만 같은 인간으로서 그런 만행을 용서할 수 없다!"

"그게 무슨 소리지? 만행이라니?"

쿠레하의 급변한 태도에 현성은 의아한 표정으로 반문했다.

그러자 쿠레하는 입을 꾹 다물었다.

"……."

쿠레하의 얼굴에서 만감이 교차한다.

마법 협회 일본 지부 소속 이시이 연구소에서 진행되어 왔던 생명공학 연구를 쿠레하는 말하고 싶지 않았다.

그건 일본 전체의 수치였으니까.

그렇게 잠시 주저하는 표정을 짓던 쿠레하는 이내 한숨을 내쉬며 말문을 열었다.

"731부대에 대해 알고 있나?"

"731부대? 731부대라면……."

순간 현성은 눈을 부릅떴다.

"2차 세계대전 때 포로를 상대로 생체실험을 한 일본 부대로군. 731부대보다 마루타라는 이름으로 더 유명하지."

현성은 한기가 서린 차가운 목소리로 말했다.

동아시아인들이라면 어찌 잊을 수 있을까.

2차 세계대전 당시 포로들을 차마 필설로 표현하기 힘들 만큼 잔인한 짓들을 해온 악마의 부대였다.

그들은 포로들을 인간으로 취급하지 않았다.

통나무라는 뜻의 일본어인 마루타라고 부르며 잔악한 생체실험을 자행했다.

살아 있는 상태로 해부를 하는가 하면, 세균 병기 실험이나, 각종 병기 실험을 자행했다.

모든 실험에는 마취를 사용하지 않았다.

그로 인해 얼마나 많은 사람들이 실험이라는 이름 아래 고통스럽게 죽어갔을까.

상상만 해도 끔찍했다.

그런데 지금 그 악마의 부대 이름이 쿠레하의 입에서 흘러나온 것이다.

"이시이 연구소는 731부대를 계승한 후신이라고 하더군."

"뭐라고?"

쿠레하의 말에 현성의 눈썹이 꿈틀거렸다.

731부대는 마취조차 안하고 사람들을 잔인하게 인체 실험을 한 곳이었다.

그것을 계승한 연구소라니?

"설마 그곳에서 행한 생체실험의 대상이……."

"인간… 이다."

쿠레하는 고개를 돌리며 목소리를 쥐어짜내는 듯 겨우 말했다.

"어떻게 그런 짓을……."

쿠레하의 말에 최미현이 망연자실한 표정으로 말했다.

지금 같은 시대에 인간을 상대로 잔인한 생체실험을 해왔을 줄이야!

"같은 일본인으로서 수치스럽다. 요즘 같은 현대에 731부대 같은 곳이 있을 줄은 상상도 못했으니까."

하물며 그곳은 일본 지부의 비밀 연구소에 있었다. 쿠레하는 치가 떨리는 표정을 지었다.

현대에 731부대를 계승한 연구소가 존재하고 있다는 것도 모자라 여전히 인간을 상대로 생체실험을 하고 있다는 사실에 손발이 떨린다.

아직 일본은 2차 세계대전 때 저질렀던 온갖 반인륜적인 일들을 사죄하지 않았다.

아니, 오히려 인정조차 하지 않았다.

한국 위안부 문제, 잔인한 생체실험을 자행한 731부대의 만행, 난징대학살 문제 등 일본은 잘못을 인정하기는커녕 혐의를 전부 부정하고 있었다.

이 핑계, 저 핑계를 대며 빠져 나갈 궁리만 하고 있었던 것이다.

어디 그뿐인가?

일본 극우 단체들이 나치 깃발을 들고 거리를 행진하고, 대한민국 대통령을 비하하는 만화도 출판하였으며, 독도를 자기네들 땅이라고 우기기도 했다.

그리고 무엇보다 인류의 기록이라고도 할 수 있는 역사를 날조하여, 일본 역사를 판타지 소설로 바꾸는 행위도 서슴지 않고 있었다.

또한, 매년마다 지진과 태풍, 쓰나미가 일본을 강타하고 있었으며, 몇 년 전에는 원자력 발전소에서 방사능이 누출되는 사고가 일어나기도 했다.

일본이 저지른 업이 자연 재해로 나타나고 있는 게 아닐까 라는 생각이 들 정도였다.

과연 이런 나라에 미래가 있을까?

쿠레하는 작금의 일본을 보면 불안감이 엄습해올 지경이었다.

"한국의 이웃나라 국민으로서 사죄합니다."

쿠레하는 다다미방 안에 있는 사람들을 둘러본 후, 고개를 숙였다.

과거부터 현재까지 일본의 행태는 쿠레하에게 있어서 부끄럽기 짝이 없었다.

"고개를 드세요. 사과는 일본 정부가 해야 할 일이지, 당신이 할 일이 아닙니다."

쿠레하의 사죄에 서유나가 차갑게 답했다.

그러나 이내 한결 누그러뜨린 목소리로 입을 열었다.

"하지만 당신의 마음은 한국 지부를 대표해서 감사히 받겠어요."

"저도 대한민국 국가정보원의 대표로써 감사히 받겠어요."

서유나에 이어 최미현도 거들고 나섰다.

그리고 그녀들은 마지막 남은 현성을 뚫어져라 응시했다.

"나도 마음만 받도록 하지. 그보다 네가 말한 의뢰란 건 무엇이지?"

현성은 쿠레하가 731부대 이야기를 하기 전에 했던 말을 상기시켰다.

"이세키 쥬이치로. 그를 이시이 연구소에서 구해주길 원한다."

"뭐라고?"

생각지도 못했던 말에 쿠레하를 제외한 모두는 놀란 표정을 지었다.

"쥬이치로도 나와 같다. 그는 이시이 연구소에서 행해지는 잔인한 실험을 버티지 못하고 나에게 도움을 요청한 것이지."

"어째서?"

"극동회에서 납치한 아이들을 요모기 연합에서 찾고 있었으니까. 그는 우리에게 한국 지부에 도와달라고 도움을 요청했다."

"그럼 우리들을 부른 건 그의 요구 때문이었나?"

"그런 셈이지."

쿠레하는 고개를 끄덕이며 긍정했다.

이세키 쥬이치로는 이시이 연구소에서 벌어지는 생체실험을 버틸 수 없었다.

인간을 생물 병기로 만드는 키메라 프로젝트.

그 연구 주임으로 실험에 참가하게 된 쥬이치로는 매일 실험체들의 비명 소리를 듣는 것이 괴로웠다.

생체연구실은 지옥이 따로 없었다.

그래서 이곳을 벗어나기 위해 수단을 강구하다 요모기 연합에 알게 되어 자신이 누구인지 밝히며 도움을 요청한 것이다.

"왜 굳이 한국 지부를 지명한 거지? 일본 국내의 언론이나 경찰에 도움을 요청할 수도 있지 않나?"

"일본 지부의 영향력은 상상을 초월한다고 하더군. 정부와 밀접한 관계를 맺고 있기 때문에 설령 정보를 폭로한다고 해도 은폐조작을 당할 뿐이라고 들었다.

"과연……."

현성은 고개를 끄덕이며 납득했다.

마법 협회 한국 지부만 봐도 충분히 알 수 있었으니 말이다.

"나는 그를 구출하고 싶다. 그는 자신의 잘못을 뉘우치고 있었고, 자신을 도와준다면 한국 지부에 전면 협력하겠다고 밝혔다. 그를 도와주겠나?"

"흠……."

현성은 잠시 생각에 잠겼다.

이세키 쥬이치로라는 사람이 어떤 인물인지 현성은 모른다.

하지만 쿠레하의 말대로의 인물이라면 구할 가치가 있어 보이긴 했다.

'이시이 연구소의 연구주임이라고 했으니 분명 여러 정보를 알고 있을 테지.'

그리고 쿠레하의 이야기를 들으며 쥬이치로라는 사내의 목적도 알 수 있을 것 같았다.

한국 지부에 도움을 요청했다는 말은 한국으로 망명을 하겠다는 소리와도 같았다.

일본에서 일본 지부의 눈을 피해 살 수는 없을 테니 말이다.

"……."

현성은 서유나를 물끄러미 바라봤다.

그러자 서유나는 조용히 고개를 끄덕였다.

서유나도 쿠레하의 말에 찬성하는 눈빛이었다.

"받아들이도록 하지."

현성은 쿠레하를 바라보며 말했다.

그렇게 현성은 쿠레하의 의뢰를 받아들이기로 결정을 내렸다.

*　　　*　　　*

하얀 달이 걸린 밤늦은 시각.

요모기 연합의 본가 가옥에 배정된 자신의 방에서 잠이 오지 않아 이리저리 뒤척이던 현성은 결국 눈을 떴다.

"불편하군."

손님용으로 있는 다다미방에서 현성은 잠을 이루지 못했다.

그동안 폭신한 침대에서 자오다가 딱딱한 다다미방에서 자려고 하니 등이 불편해서 잠을 자기 힘들었던 것이다.

결국 현성은 다다미방에서 뛰쳐나오듯 바깥으로 나왔다.

"절경이군."

방에서 나온 현성은 가옥 외부에 있는 마루 복도를 걸으며 정원을 구경했다.

정원에는 달빛이 은은히 내려오며 중앙에 있는 연못에서 마치 하얀 빛이 흘러나오는 것 같았다.

연못의 수면에 하얀 달빛이 반사되고 있었던 것이다.

"……?"

그렇게 마루 복도를 걸으며 밤하늘과 정원을 구경하던 현성은 발걸음을 잠시 멈췄다.

부엌에 도달했을 때쯤 부스럭거리는 소리가 들려왔기 때문이다.

'뭐지? 도둑?'

하지만 현성은 이내 고개를 흔들었다.

이곳은 요모기 연합의 본가.

어느 간 큰 도둑이 미쳤다고 들어오겠는가.

만약 들어오는 순간 사시미에 회가 뜨일 정도는 각오해야 할 것이다.

현성은 소리가 들려오는 부엌으로 발걸음을 옮겼다.

딸깍딸깍. 탁탁탁.

"……."

부엌에 도착한 현성은 말없이 눈앞에 펼쳐진 광경을 바라
봤다.

이제 열 살은 되었을까.

부엌에는 어린 소녀가 요리를 하고 있었다.

"앗!"

소녀는 현성을 발견하더니 살짝 놀란 표정을 지었다.

그리고 고개를 갸웃거리며 현성을 향해 일본어로 말했다.

"오빠는 누구?"

"이 집의 손님이다. 그런데 어째서 너 같은 아이가 이곳
에……."

소녀를 바라보며 의아한 표정을 짓던 현성은 이내 고개를
끄덕였다.

"그렇군. 네가 고아원에서 발견했다는 아이구나."

분명 요모기 연합본가에서 보호 중이라고 쿠레하가 말했
던 아이리라.

"꼬마야. 넌 이름이 뭐니?"

"아마이… 사토미."

현성의 질문에 소녀는 머뭇거리다가 대답했다.

"사토미?"

끄덕끄덕.

소녀는 말없이 고개를 끄덕였다.

"이곳에서 뭐하고 있었니?"

"배고파서 라면 끓이고 있었어요."

소녀의 말대로 부엌에는 인스턴트 라면 두 개가 식탁 위에 널브러져 있었다.

'이 시간에 라면을 두 개나?'

"혼자 먹을 거니?"

"네."

소녀는 일말의 망설임도 없이 단호하게 말했다.

이런 밤늦은 시간에 열 살 소녀가 라면 두 개를 먹는다?

"저녁을 안 먹었니?"

"아뇨. 먹었어요."

"그런데 지금 또 먹는다고?"

"네."

현성은 허탈한 표정을 지었다.

아무리 질풍노도의 자라나는 어린 시기라고 해도 열 살 소녀가 밤에 라면 두 개를 먹기란 힘들지 않은가?

거기다 밥주걱을 꺼내놓고 있는 것을 보니 밥까지 말아먹을 생각인 모양이었다.

"그러다 살찐다."

"안 줄 거예요."

"단호하구나."

"네."

소녀는 경계의 표정으로 현성을 바라봤다.

자기 밥그릇은 자기가 지키겠다는 의지가 철두철미하게 얼굴에 드러나 있었다.

"안 뺏어 먹을 테니 걱정마라."

현성은 피식 웃으며 소녀의 머리를 슥슥 쓰다듬어주었다.

"우으……."

소녀는 볼을 잔뜩 부풀렸다.

그러다가 이내 표정을 풀고 눈을 반짝이며 현성을 바라봤다.

"오빠한테서 좋은 냄새가 나요."

"응? 좋은 냄새?"

"맛있는 생명의 냄새가 나요."

"그, 그러니?"

"네."

현성은 소녀의 말에 헛웃음을 흘렸다.

하지만 이어지는 소녀의 말에 안색이 변했다.

"죽음의 냄새가 안 나서 좋아요."

"뭐? 그게 무슨?"

현성은 의아한 얼굴로 되물었다.

죽음의 냄새라니? 그게 대체 무슨 말인가?

"제 주변에 있는 사람들에게는 전부 죽음의 냄새가 나요. 그런데 오빠한테서는 안 나요. 왜 그런 걸까? 다른 사람들은 다 나던데."

소녀는 혼자서 정말 의아하다는 듯이 중얼거렸다.

"……."

현성은 말없이 소녀를 바라봤다.

"고아원의 아이들에게도?"

"네."

소녀는 천진난만한 미소를 지으며 말했다.

"죽음의 냄새가 나면 어떠니?"

그 말에 소녀는 불안한 듯 몸을 떨었다.

"싫어요. 제 주변에 죽음의 냄새가 나는 사람이 있으면 막 사라져요. 나는 그냥 함께 있을 뿐인데 다 없어져 버려요."

"그렇군."

현성은 고개를 끄덕였다.

'고아원의 고아들이 없어진 것과 이 소녀가 연관이 있는 것일까?'

"만약 죽음의 냄새가 나지 않으면 어떠니?"

"좋아요."

"그래……."

현성은 소녀의 머리를 쓰다듬었다.

"그럼 오빠가 죽음의 냄새가 나지 않도록 해주마."

"정말요?"

"물론이지."

현성은 소녀에게 씩 웃으며 미소를 지어 보였다.

"그럼 이, 이거 먹어도 좋아요!"

소녀는 아깝다는 표정을 숨기지 않고 조금 전까지 끓이고 있던 라면을 현성에게 내밀었다.

"아까는 안 된다며?"

"지, 지금은 되요."

"정말?"

현성은 소녀가 내민 라면을 먹는 시늉을 했다.

"우으……."

소녀는 울상을 지었다.

그러자 현성은 라면을 내려놓았다.

"와아."

순식간에 소녀의 얼굴이 펴졌다.

'귀엽군.'

몇 번 그 행동을 반복한 현성은 피식 웃음을 흘렸다.

"나는 되었으니 너나 많이 먹어라."

결국 현성은 소녀에게 라면을 도로 넘겨주었다.

"우웅."

현성의 말에 소녀는 고민하는 듯했다.

꼬르륵.

그때 소녀의 배에서 라면을 달라는 아우성이 울려 퍼졌다.

결국 소녀는 배고픔을 이기지 못하고 혼자서 라면을 먹기 시작했다.

"잘 먹겠습니다~"

예의바르게 외친 소녀는 식탁 위에 있던 하얀 병을 손으로 턱 집었다.

그리고 그것을 망설임도 없이 라면에 쏟아 붓기 시작하는 게 아닌가?

현성은 놀란 표정으로 질문을 던졌다.

"뭘 그렇게 넣는 거야?"

"설탕이요."

"서, 설탕······?"

라면에 설탕이라니!

그런 용서할 수 없는 행위를 목격한 현성은 질린 표정을 지었다.

"그렇게 해서 먹으면 맛있니?"

"네."

설탕 소녀 사토미는 한 치의 망설임도 없이 단호한 목소리로 대답했다.

"모든 음식에 설탕을 넣어야 되요. 전 머리가 아프거나 몸이 아플 때, 설탕을 먹으면 낫거든요. 전 설탕이 없으면 죽어요."

"그, 그래……?"

확고한 설탕 소녀의 말에 현성은 쓴웃음을 지었다.

설탕 소녀 사토미는 설탕이 무슨 만병통치약이라도 되는 모양이었다.

그렇게 소녀가 라면에 설탕을 뿌려 먹는 모습을 현성은 흐뭇한 미소를 지으며 지켜봤다.

*　　　*　　　*

아무도 없는 어두운 부엌.

소녀가 야참을 해결하자 현성은 자신의 방으로 돌아왔다.

물론 소녀, 사토미가 지내는 방에 데려다주고 난 다음이었다.

그 덕분에 얼마 전까지 현성과 사토미 덕분에 활기찼던 부엌은 조용한 적막감에 휩싸여 있었다.

하지만 그것도 잠시.

드르륵!

어두운 부엌문이 열리며 밤하늘에 걸린 하얀 달빛이 쏟아져 들어온다.

그리고 부엌 안으로 긴 그림자가 드리워졌다.

"배고파."

그림자의 정체는 조금 전 현성과 함께 부엌에서 나갔던 아마이 사토미였다.

사토미는 부엌에 있는 음식들을 바라보며 어둠 속에서 하얀 미소와 검은 눈을 붉게 빛냈다.

제 4 장
이시이 연구소

다음 날.

후지산 산기슭의 숲 속.

맑고 푸른 하늘에서 따스한 햇살이 내려온다.

차가운 겨울 공기가 숲 속을 감돌고 있었지만 생각보다 춥
지는 않았다.

"좋은 날씨로군."

겨울의 하얀 숲 속을 현성은 산책을 하듯 느긋한 걸음걸이
로 걷고 있었다.

목적지는 이시이 연구소.

현성은 쿠레하로부터 이시이 연구소로 들어가는 방법과

입구가 어디에 있는지 이야기를 들었다.

정보의 출처는 이세키 쥬이치로(井石十一郎)였다.

이미 쿠레하가 쥬이치로에게 메일로 필요한 정보를 받아놓았던 것이다.

현성은 쿠레하로부터 현성에게 정보를 넘겨주며, 이세키 쥬이치로를 구출하는 것과 별개로 이시이 연구소에 붙잡혀 있을지도 모르는 고아원의 아이들을 구해달라고 부탁받았다.

'아이들을 구하는 것은 당연한 일이지.'

비록 국적이 다르다고 해도, 아이들은 지켜야 할 존재였다.

아이들은 어른들의 미래니까.

그리고 서유나와 최미현은 요모기 연합 본가에서 대기 중이었다. 또한 서유나는 사태의 심각성을 파악하고, 한국 지부에 지원을 요청했다.

현성의 입장에서는 불필요한 일이었지만, 뒤처리를 알아서 해주겠다는데 마다할 이유가 없었다.

서유나도 어디까지나 현성의 일을 서포트 할 생각으로 지원을 요청한 것이고 말이다.

"저곳인가?"

쿠레하가 일러준 대로 숲 속을 걷고 있던 현성은 드디어 후지산 산자락에 위치해 있는 산장 하나를 발견했다.

'흠.'

가까이 다가가자 산장 안에 숨어 있는 미약한 기운들이 느껴졌다.

"뷰 마나 포스(view Mana Force)."

현성은 산장을 향해 마나탐색을 시전했다.

"모두 네 명이군."

입구에 두 명, 천장에 두 명 총 네 명이 산장 안에 숨어 있었다.

아무래도 그들이 입구를 지키는 문지기들인 모양이었다.

하지만 그 사실을 짐짓 모르는 척하며 현성은 산장을 향해 다가갔다.

"……."

산장 문 앞.

문 너머 양 쪽에 숨어 있는 두 명에게서 예리한 살기가 느껴진다.

그 사실에 현성은 헛웃음이 흘러나왔다.

"그렇게 살기를 풀풀 날리고 있으면 어느 누가 모를까."

"……!"

문 너머에서 화들짝 놀라는 기척들이 느껴졌다.

그리고 이내 산장 문이 벌컥 열리며 일본도를 들고 있는 사무라이 두 명이 모습을 드러냈다.

"죽어라!"

사무라이들은 일말의 주저함도 없이 현성을 향해 일본도

를 휘둘렀다.

쉬이익!

일본도는 파공성을 내며 현성을 향해 쇄도해 왔다.

"블링크(Blink)."

순간 현성의 신형이 흐릿해지더니 사라졌다.

"큭!"

사무라이 두 명의 일본도는 애꿎은 허공만 갈랐다.

"어디로 간 거지?"

사무라이들은 주위를 두리번거리며 현성을 찾았다.

"이쪽이다."

그때 그들의 등 뒤에서 현성의 목소리가 들려왔다.

황급히 고개를 뒤로 돌리려고 했지만, 그보다 현성의 공격
이 빨랐다.

"느려! 메테오 임팩트(Meteor Impact)!"

현성은 사무라이들의 등 뒤에서 6클래스 화염계 타격 마법
을 시전했다.

콰쾅!

"크아아악!"

현성이 사무라이들의 등을 타격하자 대규모 폭발이 일어
났다.

그 충격을 이기지 못하고 사무라이들은 전방으로 솟구쳐
날아갔다.

"당분간 움직이지는 못할 거다."

현성은 피식 웃으며 말했다.

본래 메테오 임팩트의 위력대로라면 사무라이들은 산산조각이 나서 육편으로 변했을 것이다.

하지만 현성은 마지막 순간에 힘을 많이 뺐다.

그 덕분에 사무라이들은 죽지 않고 살아남을 수 있었다.

그렇다고는 해도 며칠간 정신을 차리진 못할 테지만.

"제길!"

그때 천장에 숨어 있던 자들이 현성을 향해 쿠나이를 들고 내려쳤다.

"트리플 실드(Triple shield)."

깡! 채챙!

하지만 그들의 공격은 현성의 5클래스 방어 마법에 의해 막히고 말았다.

"호오? 너희들은 닌자로군."

현성은 천장에서 뛰어 내린 자들을 흥미로운 눈으로 바라봤다.

그들의 복장은 이전에 환상의 섬에서 봤던 닌자 부대와 흡사했다.

"설마 닌자들이 아직 남아 있었을 줄이야. 하지만 아무래도 2군 닌자들인가 보군. 환상의 섬에서 본 닌자들보다 못해 보여."

"뭐라고!"

현성의 말에 닌자 두 명은 발끈했다.

"감히 우리 이가 닌자 형제들을 얕보다니!"

"어디 우리들의 합격진을 보고도 그런 말이 나오나 두고 보자!"

닌자들은 쌍둥이들이었다.

그들의 특기는 두 명이 동시에 원을 그리며 적을 타격하는 양의합격진(兩儀合擊陣).

그들의 양의합격진만큼은 일본 지부에서 12신장이라고 불리는 닌자 부대들도 한 수 접어줄 정도로 위력적이었다.

"차가운 바닥에 내동댕이쳐 주마!"

"각오하는 게 좋을 것이야!"

닌자들은 무시무시한 회전을 하며 현성을 향해 달려들었다.

그들의 얼굴에는 자신감이 넘쳐흘렀다.

비록 눈앞에 있는 머리에 피도 안 마른 어린놈이 라이벌이라고 할 수 있는 사무라이 두 명을 무슨 수로 쓰러뜨렸는지 잘 알 수는 없었지만, 양의합격진에 걸리기만 하면 끝이었다.

그 어떤 상대라도 피투성이로 만들어 바닥에 패대기칠 자신이 있었다.

하지만……

"쇼크 웨이브(Shock Wave)."

파아앙!

현성은 오른발을 내딛으며 3클래스 마법을 시전했다.

그러자 오른발을 중심으로 강렬한 충격파가 전방으로 펼쳐지며 닌자들을 덮쳤다.

비록 마법 자체는 3클래스이나, 8서클 대마도사가 시전하는 만큼 위력이 남달랐다.

거기다 낮은 클래스의 마법임을 감안해서 현성은 사무라이들처럼 봐주지 않았다.

"으웨엑!"

"끄어억!"

내장을 진탕시키는 강력한 충격파에 닌자들의 자랑이었던 양의합격진은 허무하게 풀렸다.

그뿐만이 아니라 닌자들은 몸을 회전하면서 속에 든 것을 게워내며 차가운 바닥위로 내동댕이쳐졌다.

그들이 현성에게 해주려고 했던 것을 되려 자신들이 당한 것이다.

"합격진은 무슨 얼어죽을."

현성은 자신들이 게워낸 토사물에 얼굴을 처박고 정신을 못 차리고 있는 닌자들을 보며 혀를 찼다.

"그럼……."

이시이 연구소의 입구를 지키고 있던 네 명의 문지기들을 가볍게 제압한 현성은 산장 내부를 둘러봤다.

"마네키네코라는 게 어디에 있지?"

이세키 쥬이치로에게 받은 정보에 의하면 산장 내부에 마네키네코가 있다고 했다.

마네키네코는 일본의 식당이나 상점에서 쉽게 볼 수 있으며, 일본인들 사이에서 행운을 부르는 고양이로 통한다.

오른손을 들고 있는 고양이는 돈을 부르고, 왼손을 들고 있는 고양이는 손님을 부른다.

그 때문에 상점가에서 가장 많이 볼 수 있는 인형이었다.

"저기 있군."

얼마 지나지 않아 현성은 산장 뒤편에 있는 고양이 인형을 찾을 수 있었다.

"마네키네코를 찾으면 오른손을 한 바퀴 반 돌리라고 했던가?"

사람 상체만 한 마네키네코는 돈을 부르는 오른손을 번쩍 치켜들고 있었다.

그리고 이세키 쥬이치로가 건네준 정보에는 마네키네코가 들고 있는 손을 잡아당기듯이 한 바퀴 반을 돌리면 지문 감지기가 산장 내부에서 나타난다고 했다.

지문 감지기가 나타나면 이후는 일사천리였다.

쓰러뜨린 문지기들 중 한명의 손을 갖다대기만 하면 되니까.

"그럼 어디 돌려볼까?"

현성은 마네키네코의 오른 손을 덥썩 붙잡았다. 그리고 안으로 잡아당겼다.

툭.

"어?"

순간 현성은 당황한 표정을 지었다.

분명 이세키 쥬이치로의 정보대로 마네키네코의 오른손을 잡아당겼는데 반 바퀴를 채 돌기도 전에 갑자기 툭 부러진 것이다.

"뭐, 뭐야? 이게 왜 부러져?"

현성은 기가 막힌 표정을 지었다.

"오른손이 아니었나?"

자신이 잘못 알고 있던 게 의심을 해봤지만, 그런 실수를 자신이 할 리가 없었다.

현성이 들은 정보는 마네키네코가 치켜들고 있는 오른손을 잡아당기듯이 당겨라였으니까.

"이 고양이가 아닌가?"

현성은 혹시나 다른 마네키네코가 있는지 산장 내부를 둘러봤다. 하지만 산장 내부에는 오직 눈앞에 있는 마네키네코가 전부였다.

"이 고양이가 맞는데 말이야."

현성은 팔짱을 끼며 마네키네코를 바라봤다.

"혹시……."

현성은 설마 하는 얼굴로 반 토막이 난 마네키네코의 오른 팔을 붙잡고 끝까지 잡아당겼다.

그 순간,

왜애애애애앵!

산장 내부에서 요란스러운 경보음이 울려 퍼지기 시작하는 게 아닌가?

"뭐, 뭐야?"

갑작스러운 사태에 현성은 눈살을 찌푸렸다.

하지만 상황은 그것으로 끝이 아니었다.

[부정 루트의 접근을 확인. 산장을 폐쇄합니다.]

기계적인 여성의 일본어 목소리가 울려 퍼지더니 산장의 창문과 현관문에서 철벽이 내려왔다.

졸지에 산장 안에 갇히고 만 것이다.

"이런……."

현성은 어처구니없는 표정을 지었다.

정보대로 마네키네코의 오른손을 잡아당겼더니 부러지지를 않나, 거기다 이제는 산장 내부에 갇히기까지 했다.

"대체 무슨 일이……."

[부정 루트 접근자는 10초 이내에 소속 번호를 말하십시오. 10, 9, 8…….]

"쯧……."

또 다시 들려오는 여성 기계음에 현성은 혀를 찼다.

이시이 연구소의 인간이 아닌 자신이 소속 번호를 알 리 없지 않은가?

그리고 이런 상황에 대한 정보는 한마디도 들은 적이 없었다.

'부정 루트 접근자를 침입자로 단정. 배제합니다.'

순식간에 10초가 흘러갔다.

철컬철컥.

그리고 산장 이곳저곳에서 흉악스러운 형상의 무기들이 나타났다.

한눈에 봐도 총구라는 것을 알 수 있었다.

산장 곳곳에 나타난 정체불명의 총구는 이리저리 움직이더니 이내 현성을 향해 겨누기 시작했다.

'배제, 배제, 배제.'

푸슈우웅! 즈즈즈즹!

여성 기계음이 다시 들려오는가 싶더니 이내 산장에 나타난 수많은 총구로부터 눈부신 빛이 튀어나왔다.

놀랍게도 총구는 일반 총탄이 아니라 레이저를 쏘기 시작한 것이다.

"앱솔루트 실드(Absolute Shield)!"

현성은 사방에서 자신을 향해 붉은색 빛줄기들이 쇄도하자 8클래스 방어 마법을 시전했다.

그러자 반투명한 막이 현성의 몸 주위에 생겨났다.

찌이이잉! 츠츠츠츠!

앱솔루트 실드는 사방팔방에서 쏟아져 들어오는 붉은색 레이저의 에너지를 흡수했다.

"팬텀들의 생체 레이저에 비하면 새발의 피수준이군."

비록 공격 숫자는 많았지만, 팬텀의 고출력 레이저와는 비교도 되지 않았다.

단지 현대의 과학력으로 레이저 병기를 소형화시켰다는 점만 조금 놀라웠다. 덕분에 출력이 대폭 하향된 모양이지만 말이다.

"이레이저(Erase)!"

현성은 3클래스 빛계열 마법을 시전했다.

하얀 빛줄기가 산장 안에 있는 레이저 병기를 향해 날아들었다.

쾅! 콰콰쾅!

레이저 병기들 중 일부가 폭발했다.

"쇼크 웨이브(Shock Wave)."

거기에 그치지 않고 현성은 레이저 병기들을 향해 손을 휘둘렀다.

그러자 반월 형태로 충격파가 생성되어 레이저 병기들을 향해 쇄도했다.

산장 안에 나타났던 레이저 병기들은 충격파의 파동을 이기지 못하고 하나 둘 터져나갔다.

'실패. 실패. 실… 패…….'

레이저 병기들을 폭발시키면서 산장 내부의 방어 시스템에도 타격을 준 모양이었다.

조금 전부터 신경 쓰게 만들던 여성 기계음이 길게 늘어지더니 이내 잠잠해졌다.

"이걸로 끝인가?"

현성은 잠시 주변을 경계하며 산장 내부를 둘러봤다.

조금 전 레이저 병기와 한바탕을 하며 시끄러웠던 것과는 대조적으로 조용한 적막감이 산장 내부를 감돌았다.

"대체 뭐가 어떻게 되어가고 있는 건지."

현성은 산장 바닥에서 굴러다니고 있는 마네키네코의 오른쪽 다리를 바라보며 혀를 찼다.

이시이 연구소로 가기 위한 비밀 지하 입구의 위치를 찾을 수 없게 된 것이다.

"별수 없군."

현성은 피식 웃음을 흘렸다.

이시이 연구소는 지하에 있다고 했다.

그렇다면 남은 건 하나뿐.

"직접 지하로 내려가는 수밖에!"

현성은 오른손을 앞으로 내밀었다.

금색 마법진이 새겨져 있는 익숙한 모습의 검은색 장갑이 손을 감싸고 있었다.

다름 아닌 마법 협회 한국 지부에서 지급한 유니크급 아티팩트였다.

"슈바르츠 슈페어(Schwarz Speer: 칠흑의 마창)!"

—Standing by.

"트랜스포메이션(Transformation)!"

현성의 외침에 검은색 장갑의 손등에 그려져 있는 금색 마법진에서 금빛 섬광이 터져 나왔다.

그리고 현성이 끼고 있던 검은 색 장갑이 사라지고 대신 칠흑의 마창이 나타났다.

현재 현성이 장착하고 있는 검은색 코트와 칠흑의 마창은 한국 지부에서 항상 기본적으로 지급하는 물품으로 거의 모든 임무에서 사용하고 있었다.

물론 이번 임무도 마찬가지.

검은색 장갑에서 길이 약 1.5미터에 다다르는 칠흑의 마창으로 변환시킨 현성은 산장 바닥을 내려다봤다.

그리고 양손으로 칠흑의 마창을 역수로 잡고 마나를 주입하기 시작했다.

"슈바르츠 블레쳐(Schwarze Brecher: 칠흑의 파괴자)!"

그러자 칠흑의 마창이 초진동을 일으켰다.

그대로 현성은 칠흑의 마창을 산장 바닥을 향해 꽂아 넣었다.

굉음과 함께 칠흑의 마창이 산장 바닥을 내려꽂힌다.

거기에 현성은 회전력을 더했다.

"꿰뚫려라!"

키이잉! 콰콰콰콰콱!

초진동을 일으키고 있는 마창의 창끝이 회전을 하기 시작했다.

쩌저저저적!

일점집중의 강렬한 돌파력을 이기지 못하고 산장 바닥에 금이 갔다.

"하아압!"

현성은 초진동과 드릴에 그치지 않고 중력 마법까지 칠흑의 마창에 걸었다.

그러자 육중한 무게감의 마창이 쿠구궁거리는 굉음을 내며 산장 바닥을 파내려가기 시작했다.

콰콰콰콰콰콱!

그렇게 얼마나 파내려갔을까.

약 2미터 정도까지 지하를 파내려간 현성은 어느 순간 칠흑의 마창이 공회전을 하고 있음을 느꼈다.

"도착했군."

현성은 칠흑의 마창과 함께 빈 공간에 떨어져 내렸다.

빈 공간은 하얀색 형광등 불빛이 펼쳐져 있는 연구소의 복도였다.

"그럼 가볼까."

현성은 천천히 이시이 연구소 안으로 저벅저벅 느긋하게 발걸음을 옮기기 시작했다.

* * *

이시이 연구소 3층 통제실.

"흠."

통제실에서 흥미로운 표정을 짓고 서 있는 50대 중반의 사내가 있었다.

그의 이름은 이시이 로쿠로(石井六郎).

이시이 연구소의 소장으로 콧수염과 턱수염을 기르고 있는 중년인이었다.

"재미있군."

지금 그는 통제실 화면에 나와 있는 인물을 보면서 호기심 어린 미소를 지었다.

"설마 산장의 경비 시스템을 이렇게 간단히 돌파할 줄이야."

통제실 화면에는 느긋한 모습의 현성이 비쳐지고 있었다.

이시이 로쿠로는 그런 현성에게서 눈을 떼지 못했다.

"마음에 들어. 재미있는 실험용 소재가 될 것 같군."

단 혼자서 사무라이 두 명과 닌자 두 명을 쓰러뜨렸다.

어디 그뿐인가?

산장을 폐쇄하고 이시이 연구소에서 심혈을 기울여 개발한 소형 레이저 병기를 손짓 몇 번으로 무력화시켰다.

그것도 아직 스무 살도 채 되어 보이지 않는 소년이 말이다.

"과연 이 앞에 기다리고 있을 실험체들까지 상대할 수 있을까?"

이시이 로쿠로는 광기에 찬 표정을 지으며 통제실 화면 속의 현성을 뜨거운 눈으로 바라봤다.

제 5 장
팬텀 키메라

이시이 연구소 지하 1층 복도.

"죽어라!"

사무라이 한 명이 일본도를 들고 뻔한 소리를 외치며 달려온다.

사무라이의 일본도에는 푸른 기운이 넘실거리고 있었다.

사무라이들 중에서 그가 제법 강하다는 사실을 반증한다.

하지만……

"귀찮군."

틱!

"헉!"

사무라이는 눈을 부릅떴다.

현성이 한손으로 검기가 일렁이는 자신의 일본도를 꽉 움켜잡았기 때문이다.

현성의 기행은 거기서 끝나지 않았다.

콰직!

돌연 일본도가 산산조각이 나며 비산했던 것이다.

"크아악!"

"으아아악!"

그러자 여기저기에서 비명 소리가 속출했다.

산산조각난 일본도의 칼날이 사방으로 비산하며 사무라이들 서너 명을 덮쳤던 것이다.

"일본의 사무라이들은 고작 이 정도밖에 되지 않나 보군."

현성은 등 뒤를 바라봤다.

지하 1층의 긴 복도를 따라 수십 명의 사무라이들이 복도에 즐비하게 쓰러져 있었다.

"괴, 괴물……"

조금 전 그나마 완벽에 가까운 검기를 발현한 사무라이가 현성을 올려다보며 중얼거렸다.

그는 사무라이들의 대장격인 인물이었다.

하지만 지금 현성을 바라보는 그의 눈빛에는 두려움밖에 없었다.

이시이 연구소를 경비하는 사무라이들은 일본 지부 본부

에 있는 사무라이들에게 전혀 꿀리지 않았다.

그런 자신들을 눈앞에 있는 소년은 별로 힘도 들이지 않고 3분만에 전부 쓰러뜨렸다.

무려 스물 네 명이나 되는 정예 사무라이들을 말이다.

"너희가 약한 것일 뿐이지."

"이익……."

차가운 현성의 말에 사무라이 대장은 어금니를 깨물고 울분을 삼켰다.

"흥."

현성은 코웃음을 쳤다.

지하 1층 복도 바닥에 쓰러져 있는 사무라이들은 죽지는 않았지만 당분간 운신하기 힘들 것이다.

치명상만 피했을 뿐, 전원 중상을 입고 있었으니까.

당장 병원에 가서 치료를 받는 편이 나으리라.

그 때문에 현성은 바닥에 쓰러져 있는 사무라이들을 그냥 내버려두고 지하 2층을 향해 천천히 발걸음을 옮겼다.

"흠."

지하 1층 복도에서 사무라이들을 처리한 현성은 조금 심각한 표정을 짓고 있었다.

산장에서 1층 지하 복도로 떨어진 후, 얼마 지나지 않아 사무라이들이 몰려왔다.

나름 강하긴 했지만 현성의 상대는 아니었다.

그들을 전부 쓰러뜨린 후, 1층 복도를 걸으며 현성은 고개를 갸웃거렸다.

지하 1층 복도에는 드문드문 연구실로 보이는 문들이 있었는데 전부 비워져 있었던 것이다.

연구원들이 없는 건 그렇다 쳐도, 중요한 연구기기들까지 없었다.

그 때문에 연구실 내부에는 쓸모없는 책상이나 서류들이 어질러져 있을 뿐이었다.

마치 이미 오래전에 철수를 한 것처럼.

"단순히 대응이 빠른 것인가? 아니면……."

이미 현성이 올 것이라는 사실을 알고 대비하고 있었던가.

"연구소 안으로 가보면 알 수 있겠지."

현성은 발걸음을 빨리하며 복도를 걸었다.

그런 현성의 눈앞에 복도를 가로막는 문을 발견했다.

지하 1층 생체실험실.

"생체실험실이라……."

문 위에 일본어로 된 표지판이 붙어 있었지만, 이미 현성은 일본어와 영어를 통달해 있었다.

문자까지 읽을 수 있을 정도로 말이다.

"여기 밖에 길이 없는 건가."

지금까지 현성이 걸어온 지하 1층 복도는 일자형이었다.

그리고 그 일자형 복도 끝에 생체실험실로 들어가는 문이 하나 있을 뿐, 다른 쪽으로 가는 통로는 보이지 않았다.

"들어가 보는 수밖에 없겠군."

현성은 생체실험실이라는 문을 바라봤다.

"문손잡이는 대체 어디다 버린 거냐……."

분명 문은 문인데 손잡이가 보이지 않는다.

생체실험실의 문은 일반 출입문의 약 두 배 크기였다.

아무래도 실험실이다 보니 자동문일리는 없을 테고, 어딘가에 출입을 위한 지문인식기나 망막인식기 같은 장치가 달려 있을 터였다.

하지만 그조차 보이지 않았다.

위이잉.

그때 생체실험실 문 바로 옆 벽면에서 기계음이 나며 무슨 장치 하나가 빼꼼히 고개를 내밀었다.

[카드를 대어주십시오. 카드를 대어주십…….]

"그런 거 없다."

콰앙!

벽에서 갑자기 툭 튀어나온 장치는 친절한 목소리로 카드를 대어달라고 요구했다.

하지만 현성은 장치의 말이 채 끝나기도 전에 애정 어린 파이어 임팩트를 선사해 주었다.

덜컹. 위이잉.

파이어 임팩트를 맞고 장치가 폭발하자 드디어 생체실험실의 문이 열리기 시작했다.

"과연 뭐가 기다리고 있을는지……."

현성은 생체실험실의 문이 열리자 안으로 들어갔다.

생체실험실의 내부는 거대한 원형처럼 생겼다.

정면과 양 옆에 문이 있었다. 조금 전 현성이 들어온 문을 포함해서 총 네 개의 출입구가 있는 셈이다.

―이시이 연구소에 온 것을 환영하네.

그때 50대는 되어 보이는 목소리가 생체실험실에서 울려 퍼졌다.

"누구냐?"

―나는 이시이 로쿠로. 이곳의 소장이지.

"이시이 로쿠로?"

―자네 정말 대단하더군. 설마 혼자서 생체실험실까지 올 줄은 몰랐네. 특히 사무라이들을 쓰러뜨리는 모습은 가히 예술적이야.

그렇게 말한 이시이 로쿠로는 기분 나쁜 웃음소리를 한차례 흘렸다

―설마 버러지 같은 조센징 지부에 자네와 같은 마법사가 있었다니. 역시 인생은 오래 살고 볼일이군. 클클클.

"납치한 아이들은 어디에 있나?"

현성은 이시이 로쿠로의 도발에 넘어가지 않고 차가운 목

소리로 말했다.

그리고 이세키 쥬이치로에 대한 이야기는 일부러 하지 않았다.

일본 지부에서는 이세키 쥬이치로를 이시이 연구소의 인물이라고 알고 있을 것이다.

그런 상황에서 현성이 이세키 쥬이치로에 대해 언급하면 이상하게 생각하며 의심을 하게 될지도 모르는 일이었다.

ㅡ웅? 아이들? 글쎄, 난 모르겠는데.

이시이 로쿠로는 현성의 질문에 짐짓 모르는 척하며 능글맞은 목소리로 대답했다.

"알고 있나 보군."

ㅡ클클. 글쎄. 그건 어떨까?

이시이 로쿠로의 목소리를 들은 현성은 그가 아이들에 대해 알고 있다고 판단했다.

ㅡ그보다 내가 만든 이 귀여운 녀석을 봐주지 않겠나?

덜컹. 위이잉.

그때 현성을 기준으로 왼쪽에 있는 문이 위로 올라갔다.

그리고 그 안에서 무언가가 모습을 드러냈다.

"이건……."

ㅡ소개하지. 이 녀석은 우리 이시이 연구소에서 심혈을 기울여 만들어낸 키메라라네.

현성은 눈살을 찌푸리며 왼쪽 문에서 나타난 존재를 바라봤다.

호랑이의 머리에 상체는 고릴라의 몸을 하고 있었다.

그리고 오른팔이 기이할 정도로 거대했다. 적어도 왼팔의 세배 정도는 되었다.

하지만 가장 압권은 하체였다.

키메라의 하체는 놀랍게도 전갈이었던 것이다.

마치 거대한 전갈 위에 고릴라의 상체가 얹혀 있는 모습이었다.

―어떤가? 대단하지 않나?

이시이 로쿠로는 자아도취에 흠뻑 빠진 목소리로 말했다.

"고약한 취향이로군."

―흥. 역시 일반 범인은 이 키메라의 우수성을 모르는 건가.

"우수성 같은 소리를 하고 있군. 이놈의 어디에 우수성이 있다는 거지? 이건 생명을 가지고 논 것에 지나지 않아."

현성은 안타까운 눈으로 키메라를 바라봤다.

지금 현성의 눈앞에 있는 키메라는 머리에 묘한 기계 장치를 쓰고 있었으며, 이지를 상실한 눈빛으로 입가에는 침을 질질 흘리고 있었다.

한국 지부에서도 동물을 이용한 생물병기를 개발하고 있었지만, 눈앞에 있는 키메라 정도는 아니었다.

생명의 존엄성이라고는 찾아볼 수 없었다.

─웃기는 소리를 하는군. 나는 위대한 업적을 남긴 731부대의 연구들을 계승했다. 동물 실험 따윈 아무것도 아니지. 내가 가장 좋아하는 실험은 역시 인체실험이란 말이야. 클클클!

"뭐라고?"

이시이 로쿠로의 말에 현성은 눈살을 찌푸렸다.

─산 채로 생체해부를 당하는 인간의 비명 소리를 들어본 적이 있나? 동상 실험에 고통스러워하는 아이들의 비명은? 세균에 감염되어 해부당하는 인간의 비명 소리는 가히 예술적이지.

"미쳤군."

─그래서 나는 이시이 연구소가 좋다. 이시이 연구소는 731부대를 그대로 계승한 연구소거든.

"뭐? 설마……?"

─클클클. 네 생각대로다. 이시이 연구소에서는 과거 731부대처럼 인체실험을 해오고 있지. 애초에 이시이 연구소는 731부대를 이끌었던 위대한 과학자 이시이 시로(石井四郎)의 이름에서 따온 것이니 말이야.

"아이들을 상대로 말인가?"

─살아 있는 아이들의 비명은 나의 활력소지.

쾅! 쩌저적!

순간 생체실험실 바닥이 거미줄처럼 금이 갔다.

현성이 생체실험실의 바닥을 발로 내려쳤던 것이다.

"네놈은 인간이 아니다."

731부대.

2차 세계대전 때, 여자, 어린아이, 노인들까지 대상으로 잔악무도한 생체실험을 해온 악마의 부대다.

그것을 그대로 계승한 것도 모자라, 지금도 생체실험을 하고 있다니?

"네놈이 한 것만큼 그대로 돌려주도록 하지."

―클클클. 할 수 있으면 어디 해봐라. 그전에 나의 귀여운 키메라를 쓰러뜨려야 할 걸?

그 말에 현성은 키메라를 바라봤다.

쿵쿵쿵!

―크워어어어어어!

키메라는 마치 고릴라처럼 자신의 가슴을 두드렸다.

샤샤샤샥!

그리고 현성을 향해 거대한 집게발을 앞세우고 수많은 전갈의 다리를 움직이며 다가왔다.

"그라운드 웨이브(Ground Wave)."

쿵!

현성은 발을 내려치며 3클래스 마법을 시전했다.

그러자 지면이 마치 물결처럼 출렁이며 키메라의 앞을 막아섰다.

─크아아아아!

촤자자작!

순간 키메라는 자리에 멈췄다.

그리고 다리에 힘을 모으더니 힘차게 점프를 했다.

"거기서 뛰어오를 줄이야. 하지만……."

지금 키메라는 공중에 떠오른 상태.

피할 수단이 없는 상황이다.

"이레이저(Erase)."

현성의 손끝에서 새하얀 백광이 일직선으로 키메라를 향해 쇄도했다.

─크아아아아아!

즈즈즁!

"헛!"

순간 현성은 놀란 표정으로 눈을 부릅떴다.

이레이저의 하얀 빛이 키메라에게 닿기 직전 붉은색 배리어가 생겨났기 때문이다.

"저건 팬텀의……?"

─호오? 팬텀에 대해 알고 있군.

"네놈! 저 키메라에게 무슨 짓을 해놓은 거냐!"

─클클클. 아무래도 이제 내가 만든 키메라의 우수성을 알게 되었나 보군.

현성은 눈살을 찌푸렸다.

붉은색 배리어는 팬텀의 전매특허 같은 기술이었다.

그런데 그것을 눈앞에 있는 키메라가 사용하다니?

"아무래도 네놈에게는 들어야 할 게 많을 것 같군."

―그건 내가 할 말이다. 팬텀에 대해 알고 있다니 어린 나이에 제법이야. 필시 한국 지부에 관한 여러 가지 정보를 알고 있겠군.

한국 지부에서 일본 지부에 대해 잘 모르는 것처럼, 일본 지부도 한국 지부에 대해 잘 모르고 있었다.

―네놈의 몸을 산 채로 조각조각내주면서 한국 지부에 대해 차근차근 알아보도록 하지. 크히히히.

"닥쳐라. 매드 사이언티스트."

현성은 차가운 눈으로 말했다.

그리고 한 가지 사실을 알 수 있었다.

'서진철 관장의 말대로인 거 같군. 확실히 일본 지부에는 무언가 있어.'

현성은 안타까움과 혐오감이 깃든 눈빛으로 키메라를 바라봤다.

이시이 로쿠로라고 밝힌 남자가 무슨 짓을 했는지는 모르지만, 붉은색 배리어를 사용한 이후 키메라로부터 팬텀의 기운이 느껴지고 있었다.

거의 반은 팬텀이라고 볼 수 있을 정도였다.

그건 곧……

스윽. 쉬이이익!

돌연 키메라가 흐릿한 잔상을 남기며 급가속을 해왔다.

키메라의 내부에 있는 팬텀의 힘이 눈을 뜨면서 신체능력이 상승한 모양이었다.

"앱솔루트 실드(Absolute Shield)!"

현성은 다급히 8클래스 방어 마법을 펼쳤다.

콰앙!

가장 먼저 키메라의 집게발이 현성이 생성한 방어막과 충돌했다.

—크아아아앙!

순간 호랑이 얼굴을 한 키메라가 거친 숨소리를 토하며 포효했다.

불끈불끈.

그리고 키메라의 거대한 오른팔의 근육이 수축팽창을 하며 추켜올려졌다.

콰아아아앙!

"크윽!"

콰직!

키메라의 거대한 오른팔이 어마어마한 힘으로 내려쳐지자 현성은 신음을 토했다.

그리고 현성의 발이 3센티 가량 생체실험실 바닥에 박혀들어갔다.

'어, 엄청난 힘이다.'

"브, 블링크(Blink)!"

현성은 단거리 공간 이동 마법으로 몸을 뒤로 뺐다.

그러자 키메라의 거대한 오른팔이 생체실험실 바닥과 거칠게 격돌했다.

콰콰콰쾅!

생체실험실 바닥 전체에 방사형으로 금이 갔다.

"꽤 하는군."

눈앞에 있는 키메라는 생각보다 강했다.

설마 이 정도까지 일 줄이야!

─클클클. 뭐냐? 설마 벌써 끝인 건 아니겠지? 버러지 같은 조센징.

현성이 키메라에게 밀리는 듯한 모습을 보이자 이시이 로쿠로는 바로 도발을 걸어왔다.

아무래도 그는 현성이 조금 전 8클래스 마법을 사용했다는 사실을 모르는 듯했다.

하긴, 그럴 수밖에.

현대의 마법사들은 마법 지식이 부족한데다, 마나마저 부족하기 때문에 대부분 저(低)서클이었다.

고위 서클에 대한 마법 지식이 거의 전무하다시피 한 것이다.

그 때문에 6클래스 이상의 마법 지식은 거의 없었으며, 6클래스 마법사조차 꿈의 경지라고 하고 있는 마당에 8클래스 마법을 어찌 알 수 있을까?

그리고 무엇보다 이시이 로쿠로는 마법사가 아니라 과학자였다. 마법에 대해 알고 있다고 해도 하위 클래스밖에 알지 못했다.

현성은 그의 말을 한 귀로 듣고 한 귀로 흘리며 오른 손을 내밀었다.

"슈바르츠 슈페어(Schwarz Speer: 칠흑의 마창)."

—Standing by.

검은색 장갑에서 기계적인 여성의 음성이 흘러나왔다.

"트랜스포메이션(Transformation)!"

검은색 장갑의 손등에 그려진 금색 마법진에서 눈부신 황금색 섬광이 터졌다.

그리고 얼마 지나지 않아 현성의 손에는 칠흑의 마창이 생겨나 있었다.

"레이포스 액티베이션(Rayforce Activation)! 펜타 맥스 헤이스트(Penta Max Haste)!"

현성은 칠흑의 마창을 키메라를 향해 겨누며 오랜만에 보조 스킬들을 시전했다.

"하압!"

스피드 중심의 보조 스킬들을 시전한 현성은 그야말로 한 줄기 빛처럼 생체실험실을 갈랐다.

콰아아아앙!

눈 깜짝할 사이에 칠흑의 마창과 키메라의 붉은색 배리어가 충돌하며 굉음이 울려 퍼졌다.

그 상황에서 현성은 칠흑의 마창에 마나를 주입하기 시작했다. 현성의 몸 안에 존재하는 여덟 개의 마나 서클이 서로 공명현상을 일으키며 맹렬히 회전한다.

"슈바르츠 블레쳐(Schwarze Brecher: 칠흑의 파괴자)!"

키이이이잉!

키메라의 붉은색 배리어와 힘겨루기를 하고 있던 칠흑의 마창에서 초진동이 일어났다.

콰장창!

모든 것을 파괴하는 초진동 앞에 키메라의 붉은색 배리어는 유리처럼 맥없이 깨어져 나갔다.

"이걸로 끝이다."

현성은 칠흑의 마창을 앞세우고 키메라를 스쳐 지나갔다.

—크르르.

붉은색으로 빛나던 키메라의 눈빛이 원래대로 돌아왔다.

그리고 키메라가 고개를 돌려 현성을 바라보는 순간.

푸스슥.

초진동에 의해 분자단위로 분해된 키메라는 검은 재처럼 흩날리며 공기 속으로 사라져 갔다.

"편히 쉬어라."

현성은 칠흑의 마창을 다시 검은색 장갑으로 되돌리며 조용히 중얼거렸다.

—이, 이 건방진 조센징 꼬마가!

현성이 키메라를 무로 돌려보내자 노기에 찬 이시이 로쿠로의 목소리가 스피커에서 흘러나왔다.

—네놈! 절대 곱게 죽이지 않겠다! 연구소의 실험체로 가지고 놀다가 키메라로 만들어주마!

"닥쳐라. 쓰레기."

—뭐라고? 이놈이 보자보자 하니까…….

쾅!

현성은 이시이 로쿠로의 말이 끝나기도 전에 스피커를 폭파시켰다.

"이시이 로쿠로. 너는 죗값을 치르게 될 것이다."

현성은 싸늘한 한마디를 남기고 생체실험실의 정면에 있는 문을 향해 발걸음을 옮겼다.

*   *   *

이시이 연구소 지하 2층.

현성은 별다른 저항도 없이 지하 2층 복도를 지났다.

중간중간에 연구실이나 실험실이 있었지만, 현성이 원하는 정보에 대한 것은 없었다.

그리고 현성은 지하 1층에서 본 것과 똑같은 생체실험실 앞에 당도했다.

위이잉.

"······."

현성이 생체실험실 문 앞에 도착하자 저절로 열렸다.

분명 이시이 로쿠로의 짓이리라.

생체실험실 안으로 진입한 현성은 주변을 둘러봤다.

지하 1층과 다를 바 없었다.

이시이 연구소의 생체실험실은 실험체에 대한 여러 정보를 측정하는 곳이었다.

실험체의 전투능력이나, 운동능력 등등.

자신들이 연구 개발한 실험체가 얼마만큼의 능력을 가지고 있는 테스트 하는 곳이었던 것이다.

─클클, 드디어 왔군.

생체실험실에 들어서자 스피커를 통해 이시이 로쿠로의 기분 나쁜 목소리가 들려왔다.

─이번에 상대할 키메라는 많이 다를 거다. 지하 1층의 키메라는 기껏해야 팬텀 세포와 동물을 융합한 것에 지나지 않으니까 말이야.

이시이 로쿠로는 자신감에 가득 차 있었다.

이번에야말로 저 건방진 애송이 조센징 한국 지부 마법사에게 본때를 보여줄 수 있다고 말이다.

"시끄럽군."

—그 건방짐이 언제까지 가는지 두고 보지.

철컥! 위이잉.

생체실험실의 왼쪽 문이 열렸다.

그리고 지하 1층 때와 마찬가지로 그곳에서 거대한 형상의 무언가가 나타났다.

"……."

현성은 눈앞에 나타난 키메라를 보더니 눈썹을 꿈틀거렸다.

—으워어어어어어!

"인간을… 베이스로 쓴 건가?"

키가 3미터에 이르는 거대한 체구의 인간처럼 생긴 키메라.

피부는 단단한 바위처럼 우둘투둘하게 변했으며, 등에는 견갑골 부근에 커다란 돌기가 돋아나 있었다.

그리고 얼굴은 인간과 거의 다를 바 없는 모습이었다.

—그 녀석은 아베 신이치라고 하는 불쌍한 녀석이지. 최근 계속 임무를 실패하는 바람에 지부장님의 미움을 사 이시이 연구소의 실험체로 전락했거든. 클클클.

그랬다.

현성의 눈앞에 나타난 키메라는 과거 일본 지부의 지부장 인 이케다 신겐의 오른팔이었던 아베 신이치였다.

그는 현성 덕분에 임무를 실패해온 탓에 결국 이케다 신겐으로부터 버림을 받았던 것이다.

—으으으으으으으!

이미 팬텀 세포와 융합을 하면서 인간성을 잃어 버렸지만 아베 신이치는 절규에 가까운 포효를 지르며 눈물을 흘리고 있었다. 그것은 키메라가 된 몸의 화학작용일까, 아니면 회한의 눈물일까.

한 가지 알 수 있는 사실은 키메라가 된 아베 신이치의 시선이 현성을 향해 있다는 점이었다.

"이런 정신 나간 짓을 아무렇지 않게 하다니……."

현성은 믿기지 않는 눈으로 키메라로 변한 아베 신이치를 바라보며 침음성을 삼켰다.

"네놈들은 정녕 인간이길 버린 것이냐!"

—대일본제국을 위해서다. 쓸모가 없어진 저 녀석을 나만큼 잘 써줄 사람이 있을까? 저 녀석 입장에서는 오히려 감지덕지할 일이지. 대일본제국을 위해서 내가 활용을 해준 것이니 말이야. 클클클!

"저 모습이 말인가!"

아베 신이치는 인간이 아닌 존재로 변모했다.

두 번 다시 인간으로 돌아가지 못한다는 사실을 알고 있는 것처럼 그의 얼굴은 고통과 절망으로 얼룩진 채 눈가에서는 눈물이 흐르고 있었다.

저런 모습을 보고도 이시이 로쿠로는 개의치 않았다.

―인류의 발전을 위해서라면 다소의 희생은 불가피하지. 어차피 저 녀석의 수명은 앞으로 사흘 남짓. 짧은 생을 의미 있게 불태울 기회를 주었으니 저놈도 기뻐하지 않을까?

"미친……."

멀쩡한 인간을 임무 실패를 계속해왔다는 이유로 저런 괴물로 만들어놓고 저런 당당함이라니!

"일본 지부는 구제불능의 조직이군."

―너 같은 버러지 같은 조센징이 대일본제국의 의지를 어찌 알겠느냐! 이 자리에서 네놈을 생포해서 위대한 대일본제국의 발전을 위한 밑거름으로 삼아주마!

―으어어어어!

이시이 로쿠로의 말이 끝남과 동시에 아베 신이치는 현성을 바라보며 포효성을 내질렀다.

쿵쿵쿵!

그리고 현성을 향해 위협적인 거구를 앞세우고 달려오기 시작했다.

제 6 장
유적연구실

"쯧······."

3미터에 이르는 거인이 쿵쾅쿵쾅 거리며 뛰어오자 현성은 뒤로 물러나며 거리를 두었다.

"윈드 블레이드(Wind Blade)!"

현성은 뒤로 물러서며 4클래스 마법을 시전했다.

그러자 바람으로 이루어진 칼날이 아베 신이치를 향해 쇄도했다.

서컥서컥!

—으워어어어!

바람의 칼날에 아베 신이치의 양팔을 깔끔하게 절단했다.

아베 신이치는 고통스러운 비명을 내지르며 초록색 피를 사방에 뿌려댔다.

─아닛! 3클래스 마법까지 타격을 받지 않는 피부가!

아베 신이치의 팔이 잘려나가자 이시이 로쿠로의 놀란 목소리가 들려왔다.

─이거 놀랍군. 설마 버러지 같은 조센징이 3클래스 이상의 마법사였다니… 하긴 그 정도 실력이 아니면 여기까지 오지도 못했겠지.

이시이 로쿠로는 감탄했다.

설마 혼자 이시이 연구소로 잠입한 소년이 이 정도로 강할 줄은 몰랐으니까.

─탐이 나는군. 정말 탐이나. 네놈은 역시 꼭 생포를 해서 살아 있는 채로 해부를 해봐야겠어. 그리고 그 나이에 어떻게 그만큼 강해졌는지 그 비밀을 꼭 밝혀내겠다!

"잠꼬대는 자면서 해라."

─글쎄 그건 어떨까? 클클.

이시이 로쿠로는 기분 나쁜 웃음소리를 흘렸다.

그리고……

치이익!

어디서 타는 것 같은 소리가 들려왔다.

그 소리에 이끌린 현성은 눈앞에 있는 아베 신이치를 바라봤다.

"허……."

분명 현성의 윈드 블레이드에 의해 절단된 아베 신이치의 양팔이 다시 재생되어지고 있는 것이 아닌가?

―어떤가? 이게 현 최고 기술로 만들어낸 키메라라네. 어마어마한 재생력이지? 급속한 세포 분열로 인한 무한에 가까운 재생능력을 부여했다. 문제는 그 덕분에 수명이 극단적으로 짧아졌지만 말이야.

"과연. 그래서 수명이 사흘도 남지 않았다고 한 거로군."

―그렇다. 이번에 만든 키메라는 최신 기술을 집약했지만 워낙 급조하듯이 만들어내서 말이야. 수명이 짧아진 만큼 무적에 가까운 재생회복능력을 손에 넣었지. 클클클.

"흠……."

현성은 싸늘하게 가라앉은 눈으로 아베 신이치를 바라봤다.

이시이 로쿠로의 말에 의하면 그야말로 불사에 가까운 능력이었다.

"수명이 다하기 전에는 죽지 않는다는 건가?"

―불사의 괴물을 상대로 과연 언제까지 버틸 수 있을까? 클클클.

확실히 이번에 이시이 로쿠로는 믿는 구석이 있었다.

눈앞에 있는 소년이 나이에 걸맞지 않는 뛰어난 실력의 마법사이긴 했지만, 이번에 자신이 심혈을 기울여 급조한 키메라를 이기진 못할 것이다.

"그렇다면 태워주지."

현성은 5클래스 화염계 마법을 시전했다.

"파이어 필드(Fire Field)!"

화아아악!

키메라로 변한 아베 신이치 주변 일대가 화염으로 휩싸였다.

ㅡ으워어어어어!

화염에 불타오르며 아베 신이치는 고통에 찬 비명을 질렀다.

아무리 아베 신이치의 피부가 바위처럼 단단하다고 해도, 5클래스 화염 마법인 파이어 필드를 버틸 수는 없을 터.

겉 표피가 불타오르고 재생하고를 반복한다.

"질기군."

현성은 눈살을 찌푸렸다.

ㅡ흐어어흐어어.

키메라로 변한 아베 신이치의 신체 재생 능력은 믿기지 않을 만큼 놀라웠다.

5클래스 화염 마법을 버텼으니 말이다.

ㅡ믿기지 않는군. 대체 네놈은 몇 클래스 마법사인 거지?

그리고 믿을 수 없는 표정을 짓고 있는 건 이시이 로쿠로도 마찬가지였다.

지금까지 있었던 전투를 지켜보며 이시이 로쿠로는 현성을 의심하기 시작했다.

현성이 사용하고 있는 마법들이 결코 하위 클래스가 아니라는 사실을 조금씩 눈치채고 있었던 것이다.

"네가 알 필요 없다."

ー뭐라? 이 건방진 조센징 애새끼가!

"홍."

이시이 로쿠로를 무시한 현성은 다음 마법을 준비했다.

비록 파이어 필드로 쓰러뜨리진 못했지만, 화염계 마법이 효과적이라는 사실은 변함이 없었다.

"이번엔 지옥의 업화로 태워주마."

현성은 마나 서클을 개방했다.

여덟 개의 마나 서클이 힘차게 돌아간다.

현성은 아베 신이치를 향해 양손을 뻗었다.

그러자 현성의 발밑과 양손 앞에 직경 1.5미터 정도 되는 붉은색 마법진이 전개 되었다.

"헬 파이어(Hell Fire)."

화아아아아악!

양손 앞에 생겨난 붉은색 마법진에서 돌연 직경 1미터 정도 되는 붉은색 불길이 아베 신이치를 덮쳤다.

ー흐어어어어어어어어어.

모든 것을 불태워버리는 지옥의 겁화.

아무리 재생능력이 높은 키메라라고 해도 헬파이어의 고온고열에는 버틸 수 없었다.

—흐으으으.

키메라로 변한 아베 신이치는 바람 빠지는 듯한 긴 신음 소리를 지르다 이윽고 한줌 재가 되어 생체실험실을 흩날렸다.

"끝난 건가?"

아베 신이치를 처리한 현성은 잠시 숨을 몰아쉬었다.

—마, 말도 안 돼……

생체실험실의 스피커에서 얼빠진 이시이 로쿠로의 목소리가 들려왔다.

—아베 신이치마저 당해버리다니……

이시이 로쿠로는 도저히 믿을 수 없었다.

이론상 키메라로 변한 아베 신이치의 재생 능력은 무적이었다. 그 무엇도 그를 죽일 수 없었다.

그런데 믿을 수 없게도 한줌 재가 되어 사라져버린 것이다.

—인정할 수 없다! 네놈만큼은 내가 무슨 수를 써서라도 이 세계에서 없애주마!

"할 수 있으면 그래 보든가."

이시이 로쿠로의 흥분한 목소리에 현성은 피식 웃으며 대꾸했다.

—에이잇! 닥쳐라! 이렇게 된 이상 최후의 수단을 쓸 수밖에 없겠군.

그 말을 끝으로 생체실험실의 스피커는 침묵했다.

아무래도 이시이 로쿠로는 스피커의 스위치를 내린 모양이었다.

"그럼 다시 또 가볼까."

그렇게 이시이 로쿠로의 사신은 천천히 생체실험실의 정면 입구를 발걸음을 옮겼다.

*   *   *

이시이 연구소 지하 3층 복도.

지금 지하 3층 복도는 분주했다.

일본 육상자위대로 보이는 병사들이 바리케이트를 치고 있었던 것이다.

그들은 이시이 연구소의 경비병들이었다.

"놈이 오기 전에 준비를 마쳐야 한다!"

"빨리 빨리 움직여!"

그들은 완전 무장을 한 채 현성을 기다리고 있었다.

기본 무장은 AR-18을 베이스로 제조한 89식 소총.

거기다 5.56mm 미니미 경기관총까지 바리케이트에 설치하고 경계를 늦추지 않고 있었다.

"왔다!"

그때 쌍안경으로 복도를 주시하고 있던 병사 하나가 갑작스럽게 소리쳤다.

"전원 사격 준비!"

"사격 준비!"

"발사!"

타타타타탕!

대장으로 보이는 자의 구령에 맞춰 소리친 병사들은 얼마 지나지 않아 사격을 개시했다.

5.56mm 총탄들이 현성을 찢어발기기 위해 지하 3층 복도를 파공성을 내며 가로 지른다.

그리고 분당 750발에서 1,000발을 쏟아내는 5.56mm 미니미 경기관총이 불을 뿜기 시작했다.

어마어마한 숫자의 흉탄들이 현성을 노리고 날아든다.

거기다 간간히 지하 3층의 좁은 복도에서 수류탄까지 던지는 독한 새끼들도 있었다.

그것들을 정면에 마주한 현성은 조용히 뇌까리듯 중얼거렸다.

"앱솔루트 실드(Absolute Shield)."

반투명한 절대적인 방어막이 현성의 정면을 막아섰다.

투투투투툭! 콰아아아앙!

현성이 있는 주변에 폭음과 먼지가 치솟아오르며 시야가 가려졌다.

"사격 중지!"

"사격 중지!"

약 3분간 용서 없는 총탄을 퍼붓던 육상자위대는 사격을 멈췄다.

이 정도 화력이면 키메라로 변한 아베 신이치의 재생능력이라고 해도 완전 피떡이 되었으리라.

일본 육상자위대들은 자신들의 승리를 믿어 의심치 않았다.

하지만…….

"스턴 필드."

파지지지직!

"흐어어억!"

"끄오오악!"

"끼아아악!"

4클래스 전격계 마법 스턴 필드의 전격에 직격당한 일본 육상자위대는 마치 간질에 걸린 환자들처럼 벌벌 떨더니 눈을 까뒤집으며 쓰러졌다.

파직파직.

여전히 그들 사이에서 노란색 스파크가 춤을 추며 튀고 있다.

"으으윽……."

그 때문에 그들은 몸이 경직된 채 옴짝달싹도 못하고 신음소리를 흘렸다.

그리고 그런 그들 사이를 유유히 지나가는 소년이 있었다.

다름 아닌 현성이었다.

"걱정하지 마라. 죽지 않을 정도로 조절은 해두었으니."

현성은 피식 웃으며 말했다.

하지만 육상자위대의 병사들은 웃을 기분이 아니었다.

그들은 놀람 반 두려운 반으로 현성을 바라봤다.

'미, 믿을 수 없군. 한국 지부의 마법사는 괴물인가?'

3분간의 집중 사격 속에서 살아남았을 줄이야.

아니, 살아남은 것도 모자라 자신들을 전부 제압까지 했다.

육상자위대의 병사들 중 대부분은 기절해 있었고, 그나마 의식을 유지하고 있는 자들도 있긴 했지만 온몸이 마비되어 움직일 수 없었다.

'차, 차원이 다르다!'

의식을 유지하고 있는 육상자위대의 병사들은 그저 멀어져 가고 있는 현성의 뒷모습을 바라보고만 있었다.

"흠……."

일본 육상자위대를 가볍게 제압한 현성은 다시 지하 3층을 걷고 있었다.

그러던 중 눈길을 끄는 표지판이 보였다.

클론배양실.

"뭐지 이곳은?"

지하 3층의 꽤 깊은 곳에 있는 연구실을 본 현성은 흥미로운 표정을 지었다.

"잠겼군."

클론배양실이라고 이름 적힌 연구실은 문이 잠겨 있었다.

문 옆을 보니 카드를 댈 수 있는 디지털 도어락이 있었다.

—카드를 대어주십시오. 카드를 대어주……

현성이 클론배양실 앞에 다가가 서자 여성 기계음이 친절하게 카드를 대어달라고 요청했다.

"그런 거 없다니까."

콰앙!

현성은 파이어 임팩트를 살짝 운용하며 디지털 도어락을 내려쳤다.

덜컹!

디지털 도어락이 부서지자 클론배양실의 문이 열렸다.

"쯧… 역시 기계는 때려야 말을 듣는군."

컴퓨터 마우스나, TV가 지직거릴 때 한 대 툭 치면 원래대로 돌아오는 것처럼 역시 기계는 때려야 말을 잘 듣는다고 현성은 만고불변의 진리를 다시 한 번 느꼈다.

그리고 문이 열린 클론배양실 안으로 들어갔다.

"이, 이럴 수가……!"

클론배양실에 들어간 현성은 놀란 표정을 지었다.

클론배양실 안에는 시험관들이 널려 있었는데, 시험관 안에는 배양액과 클론으로 보이는 인간들이 들어 있었다.

"아마이 사토미……."

시험관 안에 들어 있는 인간들의 정체는 다름 아닌 설탕 소녀 사토미였다.

적어도 열 개가 넘는 시험관 속에 말이다.

"이게 어떻게 된 일이지? 어째서 요모기 연합에 있던 사토미가 클론 시험관 안에?"

현성의 머리가 맹렬히 회전한다.

고아원에서 발견된 단 한 명의 여자아이.

그리고 그 여자아이와 똑같은 나이, 똑같은 얼굴을 하고 시험관 안에 존재하고 있는 클론들.

"그 아이도 이시이 연구소의 피해자였군."

현성은 눈살을 찌푸렸다.

2차 세계대전 당시 731부대는 어린 아이라고 해도 용서 없이 잔인한 실험을 서슴지 않았다.

그와 마찬가지로 이시이 연구소도 연구를 위해서라면 어린 아이라고 해도 실험체를 삼은 모양이었다.

"이시이 로쿠로라고 했던가? 역시 용서할 수 없는 놈이로군."

현성은 클론배양실을 둘러봤다.

시험관 안에 있는 사토미와 똑같이 생긴 클론 아이들은 살아 있었다.

아마 가사 상태로 있는 것이리라.

"음?"

한참 클론배양실 내부를 탐색하던 현성은 또 다른 시험관을 찾을 수 있었다.

"다른 클론도 있는 건가?"

시험관에는 사토미와 닮은 클론과는 다르게 성인 남성이 들어 있었다.

"이 클론은 누구지?"

클론배양실에는 어린 여자아이와 성인 남성의 두 가지 부류의 클론들이 배양되고 있는 듯했다.

"대체 무슨 목적으로 복제인간들을 만들고 있는 것일까?"

그리고 대체 누구를 복제하고 있던 것일까?

그 의문을 품은 채 현성은 클론배양실을 조사하기 시작했다.

이곳에서 무엇을 하고 있었는지 알아둘 필요가 있다고 느낀 것이다.

"저건……."

그때 현성의 눈에 클론 배양실의 뒷문이 보였다.

망설임 없이 다가간 현성은 문을 열었다.

그러자 살을 에일 것 같은 차가운 한기가 뿜어져 나왔다.

"헉……!"

눈앞에 펼쳐진 광경을 본 현성은 경악한 표정을 지었다.

그곳은 거대한 냉동 창고였다.

그리고 조금 전 시험관에서 본 클론들이 다양한 모습으로 변형이 된 채 냉동 보존되어 있었다.

"미친 자식들!"

그곳에 있는 클론들은 이미 인간이라고 하기 힘들 정도로 심각한 유전자 변형이 일어나 있었다.

"저건… 팬텀인가?"

그리고 그들 중 일부는 팬텀에 한없이 가까운 모습을 한 클론들도 있었다.

아무래도 이시이 연구소에서는 팬텀 세포를 이용한 클론 복제 실험이 있었던 모양이었다.

"이런 비인도적인 실험을 하고 있었을 줄이야."

현성의 눈빛은 차갑게 가라앉아 있었다.

눈앞에 펼쳐진 광경만 봐도 마법 협회 일본 지부가 얼마나 정신이 나간 집단인지 충분히 알고도 남았다.

"인간으로서의 도를 넘었어."

현성은 차가운 눈으로 냉동 창고를 둘러봤다.

그리고 미련 없이 몸을 돌리고 클론배양실로 돌아왔다.

"그런데 이시이 연구소의 다른 연구원들은 대체 어디에 있는 것일까?"

현성은 이시이 연구소에 잠입하고 나서 연구자들을 구경도 하지 못했다. 또한, 납치당한 아이들의 행방도 알 수 없었다.

마치 자신이 이시이 연구소에 오는 것을 미리 알고 대피한 것처럼 말이다.

"이시이 로쿠로. 우선 그 놈부터 먼저 잡아야겠군."

이시이 로쿠로를 잡으면 의문을 해소할 수 있으리라.

그렇게 현성은 어떻게 해서든 이시이 로쿠로를 잡기로 마음먹고 클론배양실을 나섰다.

그 순간 들려오는 기괴한 괴성들.

크르르.

키아아아!

키륵키륵!

"쉽게 들여보내주지 않겠다 이건가?"

클론 배양실을 나선 현성은 쓴웃음을 지었다.

지하 3층 복도 여기저기에서 여러 종류의 키메라들이 나타나고 있었던 것이다.

"쓸데없는 짓을 하는군."

현성은 눈앞에 다가오기 시작하는 키메라들을 바라보며 피식 미소를 지어보였다.

*　　　*　　　*

이시이 연구소 지하 3층 유적연구실.

이시이 연구소는 후지산 산기슭의 지하에 발견된 유적을 중심으로 세워져 있었으며, 유적연구실은 지하 1, 2층의 생체실험실에 위치해 있는 장소에 있었다.

하지만 형태나 크기는 전혀 달랐다.

처음 발견된 모습 그대로 유적은 보존되어 있었으니까.

이시이 연구소의 유적연구실의 입구는 단지 지하에 발견된 유적과 연결되어 있는 통로에 가까웠다.

그리고 지하유적은 거대한 돔 형태로, 중앙에 있는 수십 미터에 이르는 거대한 석판 하나가 전부였다.

이시이 연구소는 그 석판을 연구하기 위해 일본 지부에서 거금을 들여 설립한 것이다.

연대를 측정하기 힘든 오래된 정사각형의 석판.

그 석판에는 두 존재가 새겨져 있었다.

하지만 지금은 석판이 반으로 뚝 잘려져 한 존재밖에 없었다.

"설마 이것을 깨우게 될 날이 올 줄이야."

50대 중반의 사내가 석판 앞에서 조용히 중얼거렸다.

이시이 로쿠로(石井六郎).

그는 눈앞에 있는 석판을 가만히 올려다봤다.

석판에는 거대한 뱀처럼 생긴 존재가 새겨져 있었다.

"팬텀."

일본 지부의 최대 비밀이자 이시이 연구소의 존속 이유. 이

시이 연구소에서 제작한 키메라들은 전부 팬텀에 대해 연구
를 하기 위함이었다.

"그 애송이가 얼마나 강한지는 모르겠지만 팬텀 앞에서는
아무것도 할 수 없을 테지."

팬텀에 대해 연구를 하면 할수록 이시이 로쿠로는 경악에
빠져들었다.

절대 자연적으로 태어난 생물이 아니라는 사실만큼은 확
실히 알 수 있었기 때문이다.

"고대의 기술인지, 아니면 외계의 기술인지는 알 수 없지
만, 현대 과학을 아득하게 초월하는 과학력으로 만들어진 생
물병기라는 사실임에는 틀림이 없다."

그것이 이시이 로쿠로가 팬텀을 연구한 결과 도출해낸 결
론이었다.

"클클클. 야타노카가미만 회수 할 수 있었다면 팬텀에 대
한 비밀을 풀 수 있었을 텐데 아쉽기 그지없군. 만약 그랬다
면 타카마가하라에 도달할 수 있었을 텐데……."

마법 협회 일본 지부의 염원.

그것은 신들의 세계라고 알려진 타카마가하라에 도달하는
일이었다.

그 때문에 야타노카가미를 한국 지부에서 탈취하려고 했
었지만 결국 실패했다.

미국 지부에서도 브론즈 미러를 원하긴 했지만, 그들은 순

수하게 차원 이동 기술을 원했을 뿐이었다.

"빌어먹을 버러지 같은 조센징 놈들."

이시이 로쿠로는 한국 지부를 욕하며 눈앞에 있는 뱀처럼 생긴 팬텀을 바라봤다.

그는 최후의 수단을 쓸 작정이었다.

"타카마가하라에 도달하는 것은 바로 우리 대일본제국이다. 으하하하하핫!"

이시이 로쿠로는 석판 앞에서 미친 듯이 광소를 터뜨렸다.

그런 그의 얼굴에서는 광기가 여지없이 흘러나오고 있었다.

*   *   *

키에엑!

털썩.

"후……."

이시이 연구소 지하 3층 복도에서 현성은 심호흡을 했다. 조금 전 드디어 마지막 남은 키메라를 처리 했던 것이다.

"생각보다 많군."

현성은 자신이 지나온 지하 3층 복도를 뒤 돌아봤다.

그곳에는 키메라들의 시체가 산처럼 쌓여 있었다.

"부디 편히 쉬길 바란다."

키메라들은 다양했다.

동물들이 합성된 개체가 있는가 하면, 한때 인간이었던 걸로 보이는 개체도 있었다.

그리고 키메라들에게서 팬텀에 가까운 기운이 느껴졌다.

"이것으로 확실해졌군."

현성은 이시이 연구소에 팬텀이 존재한다고 결론을 내렸다.

대체 어떻게 해서 팬텀이 이시이 연구소에 있는지는 모르겠지만, 키메라들에게서 느껴지는 기운을 볼 때 팬텀과 확실하게 연관되어 있었다.

"그럼 가볼까."

현성은 이시이 연구소의 안으로 발걸음을 옮겼다.

그리고 얼마 지나지 않아 자리에 멈춰 섰다.

"유적연구실이라… 생체실험실이 아니군."

드디어 현성은 이시이 연구소의 지하 3층에 위치한 유적연구실 앞에 도착한 것이다.

제 7 장
이시이 로쿠로

"파이어 버스트(Fire Burst)."

콰앙!

유적연구실 앞에서 현성은 3클래스 화염계 폭발 마법을 시전했다.

그러자 유적연구실의 문이 튕겨져 날아갔다.

"흠… 넓군."

유적연구실 내부는 생체실험실과는 틀렸다.

생체실험실은 인위적인 돔 형태의 공간이었지만, 유적연구실은 자연적인 거대한 돔 형태의 공간이었던 것이다.

천장에 조명등을 설치한 게 전부였다.

"저건……."

그때 현성은 돔 공간의 중심부에 위치한 거대한 석판을 볼 수 있었다.

"단순한 돌 석판인가."

한달음에 석판 앞에 선 현성은 맥이 빠진 목소리로 중얼거렸다.

석판은 크기만 클 뿐 안에는 아무것도 새겨져 있지 않았다.

마치 비어 있는 캔버스처럼.

"언제까지 숨어 있을 거지?"

현성은 유적연구실의 천장을 올려다보며 말했다.

"클클클. 역시 알고 있었나?"

그러자 유적연구실 천장에서 이시이 로쿠로의 기분 나쁜 목소리가 들려오는 게 아닌가?

스스슥.

분명 조금 전까지 아무것도 없던 천장에서 무언가 모습을 드러냈다.

"저건……."

천장에 모습을 드러낸 존재를 본 현성은 눈살을 찌푸리며 중얼거렸다.

길이 약 15미터, 직경 약 2미터 정도 되는 거대한 뱀.

검은색 바탕에 붉은색 회로도 같은 문양이 몸 전체에 새겨져 있었다.

"키메라들에게서 팬텀의 기운이 느껴지던 이유를 이제야 알 것 같군."

현성의 눈앞에 모습을 드러낸 존재는 다름 아닌 팬텀이었다.

이시이 로쿠로는 키메라를 제조할 때, 팬텀의 세포를 융합 촉매재로 사용했던 것이다.

"클클클. 네놈의 생각대로다. 나는 각 동물의 세포를 융합시킬 때 촉매제로써 팬텀 세포를 사용했다. 놀랍게도 팬텀 세포는 만능 세포였거든. 그 어떤 세포라도 거부 반응이 없이 융합 시킬 수가 있었지."

그 덕분에 여러 동물들의 세포를 융합시킨 키메라가 탄생할 수 있었다.

"클론배양실에 있던 복제 인간들은 뭐지? 아마이 사토미는 대체 누구냐?"

"아마이 사토미라… 그 아이는 나의 걸작품이다. 내가 만든 작품들 중에서도 가장 완성형에 가까운 존재지."

"그게… 무슨 말이지?"

이시이 로쿠로의 말에 현성은 긴장한 표정을 지었다.

그 모습에 이시이 로쿠로는 천장의 어둠 속에서 기분 나쁜 웃음을 흘리며 말했다.

"클클클. 지금 쯤 요모기 연합이 어떻게 되어 있을지 궁금하지 않나?"

"뭐라고?"

이시이 로쿠로의 말에 현성은 눈살을 찌푸렸다.

'역시 아마이 사토미는……'

"하긴 네놈이 걱정할 필요는 없겠군. 어차피 네놈은 이곳에서 죽을 테니까."

이시이 로쿠로는 유적연구실 천장의 어둠 속에서 모습을 드러냈다.

"그 모습은……?"

이시이 로쿠로의 모습을 본 현성은 놀란 표정을 지었다.

그리고 이내 눈살을 찌푸리며 말했다.

"드디어 인간이길 포기한 건가? 이시이 로쿠로!"

전체적으로 뱀처럼 생긴 팬텀의 이마 부분에 하반신이 잠겨 있는 이시이 로쿠로가 있었다.

"클클클. 하등한 네 녀석에게는 그렇게 보일지도 모르겠지. 하지만 나는 진화한 거다! 팬텀과 융합함으로써 말이야!"

"미친."

현성은 눈살을 찌푸렸다.

저 모습의 어디가 진화란 말인가?

그리고 이시이 로쿠로에 대한 이상한 점을 깨달았다.

"네놈… 클론배양실에 있던 남성과 똑같은 얼굴이로군. 대체 넌 누구지?"

나이 차이가 있긴 했지만, 상당히 닮아 있었다.

"나의 이름은 이시이 로쿠로(石井六郞). 731부대 이시이 시로(石井四郞) 사령관의 여섯 번째 클론이다."

"뭐?!'

갑작스럽게 밝혀진 충격적인 사실에 현성은 놀란 표정을 지었다.

"그럼 클론배양실에 있던 남성들이 전부 이시이 시로의 클론들이라는 말이냐?'

"그렇다."

"그런……."

설마 731부대 A급 전범인 이시이 시로의 클론이 만들어지고 있었다니!

"이시이 시로는 생명공학에 관해서는 천재적인 인물이다. 대일본제국에 도움이 될 거라는 판단하에 그를 되살리는 클론 프로젝트를 시행하게 되었지. 그 결과 몇 번의 시행착오 끝에 내가 태어났다."

"일본은 여전히 군국주의의 꿈에 빠져 있군."

"세계는 일본이 지배해야 한다! 너희 조센징들은 그 발판이 될 것이다."

"흥. 잠꼬대는 자면서 하고. 네놈들이 납치한 아이들은 어디에 있지? 그리고 연구자들은?'

"그들은 이곳에 없다. 이미 안전한 장소로 옮겨 놓았지."

"그런가? 생각보다 움직임이 빠르군."

"그야 그럴 수밖에 없지. 네놈이 침입하기도 전에 이미 다른 장소로 옮겨두었으니 말이야."

"뭐?"

이시이 로쿠로의 말에 현성은 의아한 표정을 지었다.

그 말은 곧 자신이 이시이 연구소에 침입할 거라는 사실을 미리 알고 있었다는 소리였으니까.

그건 즉…….

"함정이었나?"

"이제야 눈치챘나 보군. 클클클."

"허……."

현성은 어이가 없는 허탈한 웃음을 흘렸다.

"하지만 함정 치고는 별 볼일 없던데?"

"이익! 닥쳐라!"

현성의 말에 이시이 로쿠로의 얼굴이 구겨졌다.

그는 사실 연구소에서 개발한 키메라들이라면 충분히 현성을 제압할 수 있을 거라 의심치 않고 있었다.

하지만 결과는 처참했다.

회심의 한 수였던 불멸의 키메라로 개조한 아베 신이치조차 현성을 제압할 수 없었으니까.

제압하기는커녕 오히려 한 줌의 재가 되어 사라져 버렸다.

그리고 다수의 키메라들까지 풀었지만, 시간 벌이용밖에 되지 않았다.

그 외에 사무라이들이나 닌자들, 그리고 일본 육상자위대들도 있었지만 현성의 적수가 되지 못했다.

현성을 함정에 빠뜨렸다고 하기에는 너무나 초라하기 그지없었다.

"확실히 네놈이 이렇게 강할 줄은 몰랐다. 하지만 그것도 이제 끝이다. 내가 직접 네놈을 이시이 연구소의 지하에 묻어 주마!"

어떻게든 현성을 붙잡아야 했던 이시이 로쿠로는 결국 팬텀과 융합하는 극단적인 선택을 했다.

여기서 현성을 처리하지 못하면 두고두고 대일본제국의 방해가 될 거라 판단했기 때문이다.

'저놈을 여기서 끝내지 못하면 내가 죽는다!'

그리고 무엇보다 마법 협회 일본 지부와 그 지부장인 이케다 신겐이 자신을 가만히 놔두지 않을 터였다.

키이이잉!

뱀처럼 생긴 팬텀이 입을 벌리자, 붉은색 에너지가 집속되기 시작했다.

푸슈우우웅!

이윽고 한줄기 붉은빛이 현성을 향해 내려 꽂혔다.

"앱솔루트 실드(Absolute Shield)!"

이미 이시이 로쿠로의 공격에 대비를 하고 있던 현성은 8클래스 방어 마법을 시전했다.

콰아아앙!

반투명막한 막과 붉은빛이 격돌하며 굉음과 함께 폭발을 일으켰다. 폭염과 흙먼지가 치솟아오르며 현성의 모습이 사라졌다.

"라이트닝 블레이드(Lightning Blade)!"

순간 폭염을 뚫고 푸른색 전격이 번쩍이는 반월 형태의 칼날 두개가 솟구쳐 올라왔다.

푸른 전격의 칼날은 유적연구실 천장에 매달려 있는 이시이 로쿠로를 향해 날아들었다.

"무리무리무리!"

츠즈즈즉!

콰쾅! 콰콰쾅!

두 개의 푸른 전격의 칼날은 이시이 로쿠로에게 닿기 직전, 붉은색 배리어에 막히고 말았다.

"그런 허약한 공격에 나의 배리어는 뚫리지 않는다. 클클클."

"역시 안 되나?"

몸을 굴리면서 폭염을 뚫고 나온 현성은 천장을 올려다보며 혀를 찼다.

역시나 이시이 로쿠로도 현성을 고전하게 만들었던 붉은색 배리어를 가지고 있었다.

그것도 기존의 팬텀들 보다 더 강력한 강화 배리어 같았다.

"이거라도 먹어라!"

지이잉! 지이잉!

팬텀의 15미터나 되는 긴 몸에서 붉은색 구체가 생성되기 시작했다.

그것들은 이내 현성을 떨어져 내리기 시작했다.

슝슝슝! 콰아앙! 콰아아아앙!

마치 융단폭격을 하는 폭격기의 폭탄처럼 붉은색 구체는 현성의 주변에서 폭발을 일으켰다.

"큭! 레이포스 액티베이션(Rayforce Activation)! 데카 맥스 헤이스트(Deca Max Haste)!"

소규모 연쇄 폭발의 범위에서 벗어나기 위해 현성은 스피드 중심의 보조 스킬과 마법을 시전했다.

거기다 이번에는 10배 헤이스트 마법까지 사용하며, 그야말로 한줄기 빛과 같은 움직임으로 이시이 로쿠로의 융단폭격 같은 공격을 회피했다.

"쥐새끼처럼 요리조리 잘 도망치는구나!"

유적연구실의 천장에 딱 달라붙은 채 이시이 로쿠로는 팬텀의 힘을 이용하여 현성을 계속 공격했다.

"이시이 로쿠로! 그 팬텀은 대체 어디서 얻게 된 것이냐? 그리고 팬텀의 정체는 무엇이지?"

"클클클! 그것을 알고 싶으면 나를 쓰러뜨리고 나서 질문해라. 버러지 같은 조센징 새끼야!"

번쩍! 쉬이이익! 콰아아아앙!

뱀처럼 생긴 팬텀에서 생성된 붉은색 칼날이 반월 형태로 귀를 찢는 파공성과 함께 현성을 향해 쇄도해 왔다.

"블링크(Blink)!"

현성은 단거리 공간 이동 마법으로 이시이 로쿠로의 공격을 피했다.

'천장으로부터 떨어뜨려 놔야겠군.'

"웨이트 그래비티(Weight Gravity)!"

현성은 이시이 로쿠로가 융합한 팬텀을 향해 5클래스 중력 가중 마법을 걸었다.

"크윽! 네놈 대체 무슨 짓을⋯⋯!"

돌연 난데없이 밑으로 잡아당기는 강력한 힘 앞에 이시이 로쿠로는 당황했다.

"크아아아악!"

그리고 얼마 지나지 않아 천장에 달라붙어 있던 이시이 로쿠로는 무거운 중력을 이기지 못하고 유적연구실 바닥으로 추락하고 말았다.

쉬아아아악!

바닥에 떨어진 팬텀이 바람 빠지는 듯한 숨소리를 거칠게 내며 현성을 노려봤다.

키아아아아!

이시이 로쿠로의 의지를 무시하며 팬텀은 입을 벌리더니

붉은 광구를 생성시켰다.

붉은빛이 한 점에 집속되기 시작한다.

푸슈우우웅!

임계점에 다다른 붉은 구체는 한줄기 빛이 되어 현성을 향해 쇄도했다.

그뿐만이 아니라 팬텀 주변에 작은 붉은 구체가 생기더니, 그곳으로부터 발사된 붉은색 레이저가 기역자로 꺾이며 현성을 향해 날아들었다.

사방팔방에서 붉은색 레이저가 공간을 가르며 현성을 향해 다가왔다.

"앱솔루트 실드(Absolute Shield)! 블링크(Blink)!"

현성은 다급히 방어마법을 시전하고, 몸을 뒤로 뺐다.

콰콰쾅!

단거리 공간 이동을 연속으로 하며 붉은색 레이저를 피하자 한 박자 늦게 연달아 폭발이 일어났다.

그 폭발은 앱솔루트 실드로 막아냈다.

"큭……!"

지금 현성이 상대하고 있는 뱀처럼 생긴 팬텀은 환상의 섬에서 마주쳤던 팬텀들보다 확실히 강했다.

"그라운드 오브 데쓰(Ground Of Death)!"

현성은 환상의 섬에서 팬텀들을 전멸시켰던 8클래스 마법을 시전했다.

조금 전까지 팬텀이 천장에 붙어 있었기 때문에 시전하지 못했던 마법이었다.

쿠콰콰콰콰!

마법이 발현되자마자 팬텀이 있는 지면으로부터 무수한 암석의 가시들이 솟아올랐다.

즈즈즹! 쾅! 콰쾅!!

지면에서 솟아오른 단단한 암석의 가시들은 팬텀이 생성한 붉은색 배리어에 막혔다.

하지만 그 이후에도 솟아오르는 암석의 가시들까지는 막아내지 못했다.

푹푹푹!

동체가 무려 15미터나 되는 팬텀의 몸에 암석의 가시들이 박혀들었다.

"크아아아악!

키아아아!

팬텀과 동화되어 있던 이시이 로쿠로와 팬텀은 동시에 비명소리를 내질렀다.

암석의 가시가 박힌 상처 부분에서 검은색 기운이 넘실거리며 흘러내렸다.

그리고 잠시 후,

스스스.

뱀처럼 생긴 팬텀의 붉은 눈이 꺼져가더니 15미터나 되는 긴 동체가 먼지처럼 바스라지며 흔적도 없이 사라졌다.

털썩!

"으으으……."

팬텀이 검은 재처럼 사라지자 이시이 로쿠로는 땅바닥에 쓰러지며 신음성을 흘렸다.

그런 그의 앞에 다가간 현성은 차가운 눈으로 이시이 로쿠로를 내려다보며 입을 열었다.

"그럼 이제 이야기를 들어볼까?"

"무, 무엇을 원하는 것이냐."

"네놈이 알고 있는 것 전부."

"크크큭. 웃기는 녀석이로군. 내가 순순히 전부 알고 있는 것을 이야기 할 거라 생각하나?"

이시이 로쿠로는 어림도 없다는 표정으로 말했다.

죽으면 죽었지 현성에게 자신이 알고 있는 중요 기밀 정보들을 알려줄 생각은 조금도 없었다.

"상관없다. 네놈에게서 알아낼 방법은 따로 있으니까 말이야."

"뭐?"

현성의 말에 이시이 로쿠로는 멍한 표정을 지었다.

대체 무슨 방법으로 자신에게서 정보를 캐내겠다고 하는 것일까?

현성은 한 손으로 이시이 로쿠로의 머리를 붙잡았다.

"메모리 스캔(Memory Scan)."

일찍이 현성은 한국에서 혼죠 슈이치로부터 정보를 얻기 위해 정신계열 마법을 사용한 적이 있었다.

지금 시전하고 있는 마법도 마찬가지였다.

"끄아아악!"

이시이 로쿠로는 발작을 일으키듯 온몸에 경련을 일으키면서 비명을 질렀다.

'악마 같은 새끼들.'

이시이 로쿠로의 머릿속에서 이시이 연구소에 대한 정보를 검색하던 현성은 얼굴을 사정없이 일그러뜨리며 보기 드물게 욕설을 내뱉었다.

"어찌 같은 인간으로서 이런 개 같은 짓을 할 수 있지?"

현성은 사정없이 이시이 로쿠로의 머릿속을 헤집었다.

"끄억! 끄어어어어억!"

그럴 때마다 숨 막힐 것 같은 고통이 이시이 로쿠로를 덮쳤다.

하지만 현성은 개의치 않았다.

이시이 로쿠로는 이보다 더한 짓을 연구와 실험이라는 이유로 어린 아이들에게 해오고 있었으니까.

이시이 연구소에서는 과거 731부대에서 행했던 미친 짓거리를 그대로 답습했다.

바로 인간의 몸에 팬텀 세포를 이식하기 위해서 말이다.

어떤 인간에게 팬텀 세포를 이식하는 게 효율적인지 알아
보기 위해 나이를 가리지 않았다.

열 살도 되지 않은 아이들부터 시작해서 80이 넘은 노인들
에게까지 팬텀 세포를 이식하는 실험을 자행해 왔다.

대부분의 실험체들은 쇼크로 사망했다.

그리고 살아남은 실험체들은 인간의 형상을 잃고 괴물이
되거나, 수명이 극단적으로 짧아졌다.

아베 신이치의 경우를 보면 잘 알 수 있는 사실이었다.

아베 신이치는 불멸에 가까운 세포 재생능력을 가지게 되
었지만, 그 덕분에 수명이 사흘밖에 되지 않았다.

이시이 연구소에서는 그런 실험을 수도 없이 반복해오고
있었다.

'팬텀에 관한 정보는… 이건가?'

현성은 이시이 로쿠로의 깊은 정신세계에 숨겨져 있는 정
보를 끄집어냈다.

이미 이시이 로쿠로는 눈을 까뒤집고 있었으며, 입가에서
는 침을 질질 흘리고 있었다.

하지만 현성은 걱정하지 않았다.

정신계열 마법의 부작용은 어디까지나 정신 쪽에 작용하
는 문제였다.

그 때문에 쇼크사를 할 가능성도 있지만, 현성 또한 잘 알
고 있는 사실이었다.

이시이 로쿠로가 쇼크사를 하지 않을 정도로 조절을 해가면서 정보를 탐색하고 있었다.

'이건… 대단하군.'

팬텀에 관한 정보를 찾은 현성은 심각한 표정을 지었다.

우선 이시이 로쿠로가 융합한 팬텀은 후지산 지하에 있던 고대 유적의 석판에서 발견했다는 사실을 알아냈다.

그리고 석판에는 팬텀만이 있지 않았다.

팬텀인 검은 뱀과 대조적인 하얀 뱀.

일본 지부에서는 그 뱀을 야마타노오로치라고 불렀다.

'생긴 건 일본 신화에 나오는 오로치와는 다른 데 말이야.'

야마타노오로치는 일본신화에 등장하는 머리 여덟 달린 뱀이다.

그 모습은 그리스 로마신화에 등장하는 히드라와 굉장히 흡사하다.

하지만 유적에서 발견된 석판의 하얀 뱀은 일본신화의 야마타노오로치와 다르게 생겼다.

오히려 북유럽신화에 등장하는 요르문간드에 가까운 모습이었으며, 이미 다른 장소로 옮겨둔 모양이었다.

현재 유적에 남아 있는 석판에는 팬텀만이 남아 있었으니까.

그리고 지금 석판에는 아무것도 없었다.

이시이 로쿠로가 석판에 잠들어 있던 팬텀을 깨웠으니 말이다.

'야마타노오로치라……'

이시이 로쿠로는 하얀 뱀을 일본 신화에 등장하는 야마타
노오로치라고 철썩 같이 믿고 있었다.

하지만 정확히 그 존재가 무엇인지 알지 못했다.

아직 신성한 존재라는 생각에 연구조차 하지 않았던 것이
다.

정확히는 야마타노오로치를 연구하기 전에 팬텀을 먼저
연구하고 있었다.

"야마타노오로치도 그렇고, 팬텀도 그렇고. 대체 무슨 일
이 벌어지려고 하는 거지?"

알 수 없는 일 투성이었기에 현성은 가볍게 인상을 찌푸렸
다.

'우선은 팬텀에 대해 알아봐야겠군.'

현성은 이시이 로쿠로가 팬텀에 대해 알아낸 정보를 검색
했다.

'허……'

그리고 놀란 표정을 지었다.

마법 협회에서 인류의 적이라고 규정한 정체불명의 생명
체, 팬텀.

그 실체에 대해 아직 알고 있는 사람은 여태껏 아무도 없었
다.

그런데 이시이 로쿠로가 후지산에서 발견한 팬텀을 연구한 결과 유전자 레벨에서 디자인된 생물병기라는 사실을 판명해낸 것이다.

'역시 팬텀은 생물 병기였단 말인가?'

현성은 팬텀과 싸우면서 의심을 하긴 했었다.

보기만 해도 혐오감이 들었으며, 팬텀의 무기는 아무리 보아도 생체 병기에 가까웠으니까.

하지만 명확한 물증이 없었다.

단지 심증을 가지고 의심을 하고 있었을 뿐.

'하지만 만약 이시이 로쿠로의 생각대로라면……'

지금 현성은 마치 뒤통수를 망치로 맞은 기분이었다.

팬텀이 생물병기라는 말은 즉,

"대체 누가 팬텀을 만들어냈다는 거지?"

현성은 등줄기를 타고 소름이 돋았다.

팬텀이 생물병기라는 사실은 자연 발생적으로 태어난 생명체가 아니라는 소리였다.

그렇다면 분명 누군가 인위적으로 만들어 냈을 터.

대체 누가 무슨 목적으로 팬텀 같은 생물병기를 만들어 냈다는 말인가?

"쯧. 이게 다로군."

현성은 이시이 로쿠로의 머릿속을 헤집으며 팬텀을 만들어낸 존재에 대해 정보를 찾아봤다.

하지만 유감스럽게도 이시이 로쿠로도 거기까지는 모르는 모양이었다.

단지, 팬텀이 과거에도 몇 번 나타난 적이 있을 거라는 가설만 세우고 있었을 뿐.

그 이상의 정보는 없었다.

팬텀에 대한 정보가 더 이상 없자 현성은 다른 정보들을 찾기 시작했다.

"클론 프로젝트라……."

현성은 클론배양실에 관한 정보를 찾아냈다.

클론들은 팬텀 세포에 적응력이 뛰어난 실험체들을 복제한 인간들로 여러 가지 프로젝트에 활용되고 있었다.

"불로불사에, 키메라에, 생물병기 프로젝트까지 전부 활용되었군."

현성은 이시이 로쿠로의 기억 속에 있는 클론들을 실험하는 장면을 보고 얼굴을 찌푸렸다.

냉동 창고에 있던 보존되어 있던 클론들은 여러 가지 프로젝트에 사용된 결과물이었던 것이다.

또한, 클론들을 실험에 사용하기 전에는 전 세계에 걸쳐 인신매매나 납치를 통해 수많은 사람들을 실험체로 사용하고 있었다.

그리고 그 대부분은 고아들이나, 난민들이었다.

"쯧! 요모기 연합이 위험하군."

이시이 로쿠로의 머릿속에서 현성은 아마이 사토미에 대한 정보를 찾아냈다.

아마이 사토미는 이시이 로쿠로가 말한 대로 최고의 걸작품이었다.

팬텀 세포를 이식한 '생물병기'로서 말이다.

"끄아아악!"

"쯧."

순간 이시이 로쿠로가 한차례 발악하더니 메모리 스캔 마법이 해제되었다.

"여기까지인가?"

조금 전 이시이 로쿠로가 발악을 할 때 자아가 붕괴를 일으켰다.

그 때문에 현성의 정신계 마법이 해제되었다

메모리 스캔 중, 상대자의 정신이 붕괴될 때 시전자에게도 영향을 미치기 때문에 자동적으로 해제된 것이다.

"어쩔 수 없군."

아직 이시이 로쿠로가 숨기고 있는 정보를 전부다 알아내지 못한 현성은 아쉬운 표정을 지었다.

그리고 차가운 눈으로 이시이 로쿠로를 내려봤다.

정신계 마법이 해제된 이시이 로쿠로는 땅바닥에 쓰러진 채 빌빌거리고 있었다.

본래 현성은 이런 잔인한 마법을 쓰고 싶은 생각이 없었다.

하지만 이시이 로쿠로는 죽어 마땅한 범죄자였다.

과거 일본이 저지른 잘못을 반성을 하기는커녕 오히려 그것에 더 열광하고, 똑같은 잘못을 답습하고 있었으니까.

2차 세계대전 때, 731부대에서 저지른 잔혹한 생체실험을 계속해 오고 있었다.

그것도 자국민은 물론 전 세계의 고아나 여행자들을 납치까지 해오면서 말이다.

"참으로 일본은 개탄스럽구나."

일본 정부는 과거의 잘못을 사과한 적이 없었다.

그리고 과거의 잘못을 반성하고 있다면, 과연 자신들의 역사를 왜곡하려고 들까?

"안타까울 따름이지."

현성은 씁쓸한 목소리로 중얼거렸다.

일본은 자신들의 역사를 판타지 소설 마냥 왜곡했다.

그 때문에 분명 일본은 분란이 일으키게 될 것이다.

일본의 판타지 역사 교과서와 세계 각국의 역사 교과서가 서로 내용이 다를 테니까.

그로인해 일본과 각 세계 각국이 역사 문제로 분란이 일어나지 않겠는가?

그리고 일본은 자신들의 역사를 판타지 소설로 만들어 버리고, 과거 2차 세계대전 때 저지른 잘못들은 전부 덮어버렸다. 그뿐만이 아니다.

지금 현재도 문제가 되고 있는 독도 영토권이나, 위안부 사건, 난징대학살 등등.

일본은 자신들의 잘못은 인정하지 않은 채, 자기들이 옳다고만 주장하고 있었다.

그러면서 그들의 만화나 소설에서는 정의, 용기, 희생, 사랑, 평화, 우정을 주제로 한 작품들이 쏟아져 나오고 있다.

이 무슨 모순이란 말인가?

현실적으로 보면 과거에 저지른 잘못들을 인정하고 반성하거나 사죄를 한 적이 없는데도 말이다.

과연 일본인들은 과거에 자신들의 나라가 무슨 짓을 저질렀는지 알고 있을지 의문이었다.

"알고 있다면 우익 단체 같은 게 있을 리 없겠지."

현성은 쓴웃음을 지었다.

"그래도 쿠레하 같은 일본인들이 있으니 다행이라 할 수 있겠군."

사실 문제는 일본 정부와 일부 극소수인 우익 단체들이다.

그들의 선동 하에 일본 국민들은 대부분 세뇌되고 있었다.

거의 대부분 일본인들은 중립적인 입장이나, 일부 특정 계층들이 잘못된 정보를 어렸을 때부터 주입하고 있으니 말이다.

하지만 그런 상황 가운데 쿠레하와 같이 과거의 잘못을 인정하고 사과하는 일본인들도 있으니 다행스러운 일이었다.

그러한 일본인들이 늘어난다면 한국과 일본은 좋은 관계를 유지할 수 있을 것이다.

한국인들 또한 일본의 문화를 좋아하고, 가식 없고 친절한 일본인들을 좋아하니까.

"하지만 이시이 로쿠로. 네놈 같은 극단적인 극우파 인간들은 용서할 수가 없다. 죽이지 않은 것만으로도 감사해라."

현성은 차가운 눈으로 이시이 로쿠로를 노려봤다.

이시이 로쿠로를 비롯한 마법 협회 일본 지부는 극단적인 극우파라고 할 수 있었다.

과거 일본의 군국주의를 잊지 못하고 잘못을 반성하기는커녕 여전히 반복하고 있으니 말이다.

이시이 로쿠로가 해온 짓거리를 보면 찢어 죽여도 시원찮을 판이었지만, 저런 인간 같지도 않은 쓰레기의 피를 손에 묻히고 싶지 않았다.

"요모기 연합으로 서둘러 돌아가 봐야겠군."

그리고 지금 현성은 이시이 로쿠로의 처우보다도 요모기 연합이 걱정 되었다.

이시이 로쿠로의 머릿속을 뒤집어 본 결과 마법 협회 일본 지부에서 이미 요모기 연합에게 마수를 뻗치고 있었기 때문이다.

현성은 4클래스 장거리 공간 이동 마법을 시전했다.

"텔레포트(Teleport)."

현성의 몸에서 빛이 뿜어져 나오는가 싶더니 이내 모습이
사라졌다.

남은 건, 대일본제국의 군국주의의 부활을 꿈꾸다 자아가
붕괴된 어리석은 인간과 조용한 적막감뿐.

그렇게 마법 협회 일본 지부와 극우들이 자랑스러워하던
이시이 연구소는 처참하게 괴멸했다.

제 8 장
작전명 프레데터

요모기 연합 본가.

"이런, 늦었나!"

요모기 연합 정원에 있는 연못 옆에 모습을 드러낸 현성은 눈살을 찌푸렸다.

요모기 연합 이곳저곳에 쓰러져 있는 검은색 양복의 사내들이 보인다.

다름 아닌 요모기 연합의 조직원들이었다.

그리고 전통식 일본 가옥의 일부에서 검은색 연기가 치솟아오르는 모습도 보였다.

명백하게 습격을 당하고 난 뒤의 모습이었다.

"완전히 당했군."

요모기 연합을 둘러본 현성은 혀를 찼다.

"으윽! 기, 김현성……!"

그때 연못 옆에 쓰러져 있던 검은색 양복을 입은 사내가 신음성을 내며 현성을 불렀다.

그는 꽁지머리를 하고서 검은색 선글라스를 쓰고 있었다.

"너는… 타츠야인가?"

검은색 양복의 사내가 타츠야임을 확인한 현성은 그에게 다가갔다.

타츠야의 모습은 좋지 못했다.

그가 평소에 쓰고 다니는 검은색 선글라스는 여러 군데 깨져 있었고, 입가에서는 피를 흘리고 있었다.

"힐(Heal)!"

현성은 타츠야에게 치유 마법을 걸었다.

"괜찮나?"

"아까보다 낫군. 고맙다."

조금 전까지 고통스러운 얼굴이던 타츠야의 표정이 편안해졌다.

"대체 무슨 일이 있었던 거냐?"

"그, 극동회 녀석들이 습격을 해왔다."

"역시……."

현성은 살짝 눈살을 찌푸렸다.

예상대로 요모기 연합은 극동회의 습격을 받은 모양이었다.

그리고 현성이 그 사실을 알고 있는 듯한 뉘앙스를 풍기자 타츠야는 놀란 표정으로 반문했다.

"그들이 습격해 올 것을 알고 있었나?"

"아니. 이시이 연구소에서 이시이 로쿠로라는 자로부터 알아냈다."

타츠야의 말에 현성은 고개를 흔들었다.

"그렇군. 하긴 네가 알고 있었을 리 없을 테지."

타츠야는 납득한 얼굴로 고개를 끄덕였다.

"그런데 고아들은? 이세키 쥬이치로는 구출했나?"

"유감이지만 내가 갔을 때 이미 그들은 없었다. 처음부터 우리들은 함정에 빠져 있었어."

"뭐, 뭐라고?"

타츠야는 놀란 표정으로 현성을 바라봤다.

처음부터 함정에 빠져 있었다니!

"나는 이시이 연구소의 소장인 이시이 로쿠로라는 놈에게서 정보를 빼냈다. 비록 전부다 알아내지는 못했지만, 중요한 정보 몇 가지는 알 수 있었지. 그중 하나가 너희들의 고아원이 습격당했을 때부터 이미 일본 지부 놈들은 함정을 파고 있었다는 사실이다."

"······!"

현성의 말에 타츠야는 경악한 표정을 지었다.

그리고 현성의 말대로였다.

마법 협회 일본 지부의 지부장인 이케다 신겐이 어떤 인물인지는 아직 모르지만, 머리 하나는 비상하게 돌아가는 자였다.

"너희들은 처음부터 일본 지부의 손에서 놀아나고 있었다. 그들은 이미 알고 있었어. 요모기 연합과 한국 지부가 손을 잡고 있었다는 사실을 말이야."

"그건 이미 각오한 일이다."

타츠야는 결연한 얼굴로 말했다.

비록 일본 지부가 원숭이 집단이라고 해도, 한국 지부와 마찬가지로 일본에서 큰 영향력을 행사하고 있었다.

정보력 또한 한국 지부에게 지지 않았다.

현성은 타츠야의 말에 고개를 끄덕인 후, 다시 입을 열었다.

"문제는 그것을 일본 지부가 이용했다는 점이다. 극동회에서 너희들이 운영하고 있는 고아원의 선생들을 살해하고 고아들을 납치한 이유가 무엇이라 생각하나?"

"그야······."

타츠야는 머리를 굴렸다.

그리고 이내 한 가지 결론을 도출해냈다.

지금 현재 돌아가고 있는 상황을 보면 알 수 있는 일이었다.

"설마 한국 지부의 개입을 노린 건가?"

"그래, 맞아."

현성은 고개를 끄덕이며 대꾸 했다.

사건은 극동회에서 요모기 연합이 운영하고 있는 고아원을 습격하면서 시작되었다.

당연히 요모기 연합에서는 도대체 누가 고아원을 습격했는지 조사를 할 터였다.

그 와중에 이미 일본 지부는 경찰들을 상대로 사전 공작을 펼쳤다. 그 덕분에 요모기 연합은 경찰들의 도움은커녕 오히려 의심만 받게 되었다.

그리고 자체적으로 조사를 시작한 요모기 연합에게 일본 지부는 정보를 흘렸다.

극동회의 뒤에 자신들이 있으며 고아원 습격 사건에 관련 있다고.

그 결과 한국 지부가 개입하게 되었다.

고아원 습격 사건에 일본 지부가 관여되어 있다면, 요모기 연합으로서는 손도 발도 쓸 수 없었다.

일본 지부에 대항하기 위해서는 한국 지부의 도움이 필요했던 것이다.

"그런 바보 같은⋯ 대체 무슨 목적으로 한국 지부를 개입

시키려고 한 거지?"

타츠야는 망연자실한 표정을 지었다.

설마 이 모든 것이 마법 협회 일본 지부의 흉계였을 줄이
야!

"그건 아마 나 때문일 거다."

"뭐?"

현성의 말에 타츠야는 의아한 얼굴로 반문했다.

거듭되는 일본 지부의 작전 실패에 이케다 신겐은 묘안을
냈다. 요모기 연합이 위험에 처하면 당연히 한국 지부가 움직
일 거라고 예측했다.

그리고 그때 일본 지부를 방해하는 요소를 확인하고 배제
할 생각이었던 것이다.

그 때문에 사실 이케다 신겐도 현성에 대해 정확히 모르고
있었다.

하지만 OH−1 전투헬기를 투입하면서 이케다 신겐은 확
신했다. 일본 지부의 작전 행동을 방해하는 인물이 걸려들었
다고 말이다.

"그보다 그녀들은? 요모기 쿠레하와 나와 함께 온 두 명은
어디에 있지?"

"아가씨와, 그녀들은 극동회 놈들에게 끌려갔다."

"서유나가 있었음에도 말인가?"

현재 서유나의 실력은 3클래스에 육박한다.

그 정도면 현대의 마법사들 중에서는 상위에 속하는 편이라 현성은 별다른 걱정을 하지 않았다.

설령 극동회에서 습격을 해온다고 해도, 서유나와 요모기 연합의 조직원들이라면 충분히 대응 할 수 있을거라 생각했다.

"그녀는 강하더군. 어떻게 가녀린 몸에서 그런 힘이 있는지 놀랄 정도로 말이야."

타츠야는 그때의 기억을 떠올렸다.

혼자서 극동회의 조직원들을 쓰러트리던 아름다운 얼음 미녀의 모습.

마치 현성을 보는 것 같은 느낌이 들 정도였다.

"하지만 그녀는 한 소녀에게 패했다."

"아마이 사토미겠군."

"그 아이를 알고 있나?"

타츠야는 눈을 휘둥그렇게 뜨고 현성을 바라봤다.

"고아원의 유일한 생존자 아닌가. 어젯밤에 만났다. 그리고 이시이 로쿠로로부터 그 아이에 대해 들었지."

프로젝트 프레데터.

이시이 로쿠로의 머릿속을 뒤집으며 현성은 프로젝트 프레데터라는 것을 알게 되었다.

포식자라는 흉악하기 그지없는 명칭이 붙은 작전에 대해서.

"아무리 그녀라고 해도 무리였겠지. 아마이 사토미. 그 아이를 상대하려면 말이야."

"그 아이는… 대체 뭐지? 인간이 맞긴 한 건가? 그 소녀에게 우리 조직원이 대체 몇 명이나 먹혔는지 알고 있나!"

타츠야는 영문 모를 소리를 하며 몸을 부들부들 떨었다.

그때 본 사토미는 인간 같지 않았다.

분명 모습이나 형태는 인간이었지만, 타츠야를 비롯 요모기 연합의 조직원들에게 본능적인 공포감을 이끌어냈던 것이다.

그리고 조직원들 중 대다수가 사토미에게 당했다.

또한, 믿었던 서유나도 사토미를 막지 못했다.

"모르는 편이 나을 거다. 알아 봤자 도움될 건 없을 테니까. 그보다 너에게 부탁이 있다."

"뭐지?"

"극동회의 정보와 뒷수습을 해주었으면 좋겠군."

이제 곧 있으면 마법 협회 한국 지부에서 지원군이 올 것이다.

아침에 서유나가 한국 지부에 연락을 해놓았으니까.

현성은 타츠야에게 한국 지부의 마법사들을 마중하고, 이시이 연구소와 요모기 연합의 뒷수습을 부탁했다

그리고 반쯤 폐허가 되다시피 한 요모기 연합의 본가를 더 둘러보며 살아남은 사람들을 찾아 치료를 해주었다.

그렇게 목숨이 위급한 사람들을 구한 현성은 타츠야로부터 극동회의 위치 정보를 듣고 요모기 연합을 나섰다.

극동회에 납치당한 여인들과 고아들을 구하기 위해서.

*　　　*　　　*

극동회.

일본 야쿠자 조직 중 최대의 세력을 구가하고 있다.

마법 협회 일본 지부가 배후에 있으니 당연한 결과였다.

그리고 극동회는 도쿄 외각에 본가가 있다고 알려져 있으나 실상은 달랐다.

극동회의 본가는 후지산과 도쿄 사이의 아이코 군이라는 곳의 산속에 있었던 것이다.

극동회 본가 건물은 거대한 일본 전통 가옥이었다.

연못이 딸려 있는 넓은 정원과 커다란 일본식 전통 집.

요모기 연합과 별반 차이가 없었다.

"……"

극동회 본가 건물 정문 앞.

타츠야가 알려준 네비게이션대로 현성은 극동회 본가 집 앞에 도착했다.

그리고 정문 앞에 선 현성은 입꼬리를 말아 올렸다.

"아주 작정을 하고 기다리고 있군."

정문 너머로 수많은 인기척들이 느껴지고 있었다.

그 수는 약 100여 명 정도.

살기가 풀풀 날리는 게 정문을 넘어서까지 전해졌다.

"익스플로전(Explosion)!"

콰아아앙!

현성은 극동회 건물 정문에 6클래스 폭발 마법을 시전했다.

그러자 거대한 정문이 대폭발을 일으키며 튕겨져 나갔다.

"크아악!"

정문 너머에서 대기 중이던 극동회 조직원 중 일부가 익스플로전 폭발에 휘말린 모양이었다.

그들은 정문과 함께 하늘 높이 솟구쳐 올랐다가 사정없이 정원 바닥으로 내동댕이쳐졌다.

"많이도 기다리고 있군."

화끈하게 정문을 날린 현성은 여유로운 걸음걸이로 극동회 본가 안으로 들어갔다.

그곳에는 검은색 양복을 입은 극동회 조직원들이 약 백 명가량 반원으로 포진하고 있었다.

"건방진 조센징 새끼!"

"이런 대가리에 피도 안 마른 어린놈이!"

"극동회 본가에 겁도 없이 쳐들어오다니!"

"사시미로 회를 떠주마!"

그들은 조금 전 현성이 보인 마법에도 주눅 들지 않고, 오히려 동료가 당했다는 사실에 분노했다.

"닥쳐라!"

쿠우우웅!

현성은 쇼크 웨이브를 시전하며 오른 발을 내딛었다.

지면을 타고 강렬한 충격파가 부채꼴 모양으로 극동회 조직원들을 덮쳤다.

"우와아앗!"

"으아악!"

흔들리는 지면에 극동회 조직원들은 몸을 제대로 가누지 못했다.

"인간이길 포기한 짐승 같은 놈들이 말이 많구나!"

현성은 황금색 안광을 흘리며 극동회 조직원들을 노려봤다.

"……!"

극동회 조직원들은 몸을 압박하는 현성의 서슬퍼런 눈빛에 입을 꾹 다물었다.

그들은 일본 지부와 이시이 연구소의 연구자들과 마찬가지로 생명의 소중함을 모르는 자들이었다.

그들은 이시이 연구소의 악마 같은 731부대 마루타 실험에 일조했다.

일본 각지에서 고아들이나 가출 청소년들을 납치하여 잔

혹한 실험체로 넘겨주거나, 경우에 따라서는 해외에 나가 인신매매 활동도 벌였던 것이다.

"오빠. 절 만나러 와주신 건가요?"

"……."

순간 반원으로 포진하고 있는 극동회 조직원들 너머로 익숙하면서 앳된 목소리가 들려왔다.

이윽고 정면에 있던 극동회 조직원들이 양쪽으로 갈라지면서 하얀색 원피스를 입고 있는 귀여운 소녀가 모습을 드러냈다.

"아마이 사토미."

눈앞에 등장한 소녀를 바라보며 현성은 침음성을 삼켰다.

이시이 로쿠로의 걸작품.

그리고 포식자라는 흉악한 작전명의 주인공.

"기뻐요. 오빠가 만나러 와주어서."

스스스스.

소녀의 몸에서 자색(紫色)의 기운이 기쁜 듯이 흘러나왔다.

신비하면서도 기이한 기운.

그 속에서 소녀는 해맑은 미소를 지으며 곁에 있던 극동회 조직원 한 명에게 손을 뻗었다.

"으, 으아아아악!"

극동회 조직원은 소녀의 투명하고 하얀 손이 몸에 닿자 비명을 내질렀다.

소녀의 손이 몸에 푹 박혀들어 갔던 것이다.

그뿐만이 아니다.

극동회 조직원은 조금씩 소녀의 작은 손에 '흡수' 되어 갔다.

이것이 포식자.

소녀가 가진 세포융합 능력이었다.

"맛있어."

포만감이 가득 찬 표정으로 소녀는 황홀감에 몸을 떨었다.

그리고 살짝 붉어진 얼굴로 몸을 숙였다.

파아아앗!

순간 소녀의 등에서 나비 같은 모양의 투명한 붉은색 날개가 돋아났다.

마치 개화라도 하는 듯이.

그와 함께 소녀의 몸에서 자색의 기운도 한층 강해졌다.

"요모기 연합의 조직원들을 대체 얼마나 먹은 거냐?"

프로젝트 프레데터.

그것은 아마이 사토미를 요모기 연합에 침투시켜 조직원들을 흡수하여 진화하는 게 목적인 작전이었다.

자연스럽게 요모기 연합은 무력화 되었다.

그리고 지금 아마이 사토미는 극동회 조직의 조직원을 한 명 흡수하는 것으로 진화했다.

"글쎄요… 수십 명은 넘게 먹은 것 같네요."

사토미는 자색 기운이 흐르는 뜨거운 눈으로 현성을 바라봤다. 열 살로 보이던 소녀가 이제 열두 살은 된 것처럼 성장했다.

"수십 명이라……."

사토미의 말에 현성은 쓴웃음을 지었다.

"네가 그렇게 말한다면 그렇다고 해두지."

이미 현성은 요모기 연합의 피해 상황을 확인하고 극동회로 왔다.

그 때문에 요모기 연합의 조직원들이 몇 명 있는지, 부상자와 사망자가 얼마나 있는지 전부 알고 있었다.

"호호호. 무슨 말인지 모르겠군요. 지금의 저에게 인간 따위는 먹이에 지나지 않아요."

사토미는 붉은색 날개를 펄럭였다.

그러자 자주색 빛을 띄고 있는 작은 포자들이 사방으로 비산했다.

"으으으으으!"

"키야아아아!"

"크르르르륵!"

여기저기에서 인간이라고 생각할 수 없는 괴성들이 극동회 조직원들의 입에서 흘러나왔다.

"이건……?"

극동회 조직원들은 변이를 하고 있었다.

"키메라?"

현성은 놀란 눈으로 극동회 조직원들을 바라봤다.

놀랍게도 그들은 키메라로 변신해 있었다.

"그들은 이미 이시이 연구소의 노예들이랍니다. 호호호"

그랬다.

극동회의 조직원들은 이미 이시이 연구소에서 키메라가 되는 처치를 받았다.

변신 전에는 일반인과 별 차이가 없었다.

하지만 변신 후에는 극단적이라고 할 만큼 모습과 능력에 차이가 생겼다.

"킬킬킬."

"큭큭큭."

극동회의 조직원들은 다양한 모습의 키메라로 변했다.

대부분 인간 형태를 유지하고 있었지만, 얼굴이나 팔 다리는 동물이나 곤충으로 변해 있었다.

그리고 극동회 조직원들은 이미 키메라였기 때문에 그들 중 하나를 흡수하는 것으로 사토미는 대폭적인 에너지를 흡수, 요모기 연합에서 흡수한 조직원들의 에너지까지 합쳐져서 한 단계 진화를 할 수 있었던 것이다.

"설마 극동회가 괴물들 소굴이었을 줄이야."

약 백 개체에 가까운 키메라들.

그들 앞에서 현성은 눈살을 찌푸렸다.

"오빠를 내 앞에 데려와."

사토미는 포자를 흩뿌리며 명령을 내렸다.

"키에에엑!"

"키야아아!"

그러자 키메라들은 광분을 하며 현성을 향해 달려들었다.

키메라들을 부리는 작은 여왕.

몸은 아직 어리지만 지금의 사토미는 키메라들의 여왕이라고 해도 과언이 아니었다.

요사스러운 기품이 온몸에서 묻어 나오고 백 여 개체들의 키메라들을 조종할 만큼 카리스마를 발산하고 있었으니까.

"아아, 오빠. 조금만 기다려요. 내가 먹어줄 테니까."

사토미는 붉은 입술을 혀로 핥으며 뜨거운 눈빛으로 현성을 바라봤다.

*   *   *

극동회의 일본 전통 가옥 내.

그곳에서 흥미로운 표정으로 눈을 반짝이며 정원을 훔쳐보고 있는 자가 있다.

그의 이름은 이세키 쥬이치로(井石十一郞).

30대 중반에 사각 안경을 끼고 있는 학구풍의 사내다.

그리고 이시이 연구소에서 저지르고 있는 천인공노할 악

마 같은 실험에 회의감을 느끼고 탈출하려는 인물이기도 했다.

그는 지금 극동회의 정원에서 싸우고 있는 소년을 흥미로운 눈으로 지켜보고 있는 중이었다.

"믿을 수가 없군."

백체에 달하는 키메라와 홀로 싸우고 있는 소년 마법사.

소년이 마법을 쓸 때마다 적어도 한 두 명 이상 키메라들이 비명을 지르며 정원 바닥을 나뒹굴었다.

바닥에 쓰러진 키메라들은 다시 인간의 모습으로 돌아가 다시 일어나지 못했다.

키메라의 체력이 얼마나 높은지 잘 알고 있는 이세키 쥬이치로는 놀라지 않을 수 없었다.

"저 나이에 저렇게 강하다니……."

이세키 쥬이치로는 입가를 비틀어 올렸다.

그는 먹이를 발견한 독수리처럼 소년을 차가운 눈으로 바라봤다.

"아무래도 이시이 연구소는 넘어간 모양이군."

이세키 쥬이치로는 기뻐하는 기색이 없었다.

키메라와 싸우고 있는 소년이 그를 구하러 왔음에도 말이다.

"망할 로쿠로 녀석."

이세키 쥬이치로는 혀를 찼다.

현재 상황을 종합해봤을 때, 이시이 로쿠로가 실패했다는 사실을 직감했던 것이다.

"하지만 나는 다르다."

이세키 쥬이치로는 정원에서 날뛰고 있는 소년을 노려보며 씩 기분 나쁜 미소를 지어 보였다.

* * *

"후우……."

현성은 잠시 숨을 골랐다.

지금까지 약 90체가 키메라들을 쓰러뜨렸다.

극동회의 정원에 서 있는 키메라들은 이제 손에 꼽을 정도까지였다.

'슬슬 마나가 부족해지기 시작하는군.'

바다와도 같던 8서클의 마나가 바닥을 보이려고 한다.

이시이 연구소에서 싸움 이후, 약간 마나를 회복하기는 했지만, 요모기 연합에 갔다가 거의 바로 극동회에 오는 바람에 제대로 회복을 하지 못했다.

거기다 키메라들을 상대하면서 마법을 난사한 탓에 마나도, 체력도 슬슬 한계 상태에 다다르려 하고 있었다.

"윈드 커터 (Wind Cutter)!"

현성은 2클래스 마법을 시전하여 남아 있는 키메라들에게

날렸다.

쉬익!

윈드 커터는 파공성을 내며 키메라들을 할퀴고 지나갔다.

"키에엑!"

온몸에 상처를 입은 키메라 몇 마리가 비명을 지르며 바닥에 쓰러졌다.

하지만 그뿐.

이내 키메라들의 상처가 치유되기 시작하며 몸을 추스르며 일어나려고 했다.

"라이트닝 쇼크(Lightning Shock)!"

그런 키메라들에게 현성은 마무리를 날렸다.

"크아아아악!"

스턴 건 같은 전격이 키메라들을 덮친 것이다.

키메라들은 감전 된 것처럼 경련을 일으키더니 완전히 기절하고 말았다.

"오빠. 이제 슬슬 한계지 않나요? 그냥 포기하는 게 어때요?"

그때 투명한 붉은 날개를 펄럭이며 사토미가 현성에게 말했다.

"아직이다. 아직 나는 포기하지 않았어."

"끈질기시네요."

사토미는 아쉽다는 얼굴로 중얼거렸다.

그와 반대로 지금 현성은 머릿속이 복잡했다.

'어떡하지?'

남아 있는 키메라들은 이제 약 두 명 정도.

남아 있는 마나를 볼 때, 손쉽게 해치우고도 남는다.

하지만 문제는 눈앞에 있는 설탕 소녀, 아마이 사토미다.

과연 자신은 그녀를 공격할 수 있을까?

아니, 그전에 마나와 체력이 거의 남지 않은 상황에서 눈앞에 있는 소녀를 쓰러뜨릴 수 있을까?

"싸울 수밖에 없는 건가?"

"이제 와서 무슨 말이죠? 당연히 싸울 수밖에 없지요. 나는 괴물이니까."

일순 사토미의 얼굴에서 어두운 빛이 스쳐 지나갔다.

하지만 이내 사토미는 아름다운 미소를 지었다.

"오빠가 싸우고 싶지 않아도 나는 싸울 거예요. 오빠를 내 것으로 만들고 싶으니까."

그렇게 말한 사토미는 남아 있는 키메라 두 명을 바라봤다.

그러자 키메라들은 흠칫거렸다.

그런 그들을 향해 사토미는 키득키득 웃으며 말했다.

"당신들은 내 양분이 되세요."

촤악!

순간 사토미의 붉은 날개가 쭉 늘어나더니 키메라 두 명을 움켜잡았다.

"키아아악!"

키메라들은 비명을 지르며 발버둥쳤다.

하지만 그럴수록 붉은 날개는 꽉 조여지며 조금씩 키메라들을 집어삼켰다.

번쩍! 화아아악!

키메라 두 마리를 흡수한 사토미는 한층 더 자주색의 기운을 내뿜었고, 이제는 열다섯 살 정도까지 성장했다.

"큭……."

사토미에게서 느껴지는 기운에 현성은 침음성을 삼켰다.

'망할 일본 지부 놈들. 터무니없는 것을 만들어냈군.'

지금 사토미에게서 느껴지는 기운은 마법사로 친다면 약 5서클에 다다를 정도였다.

마법 협회 마법사들이 거의 대부분 1서클에서 3서클 사이라는 사실을 감안하면 상당히 강한 편에 속했다.

그마저도 3서클 마법사는 그리 많지 않았다.

"이제 어쩌실 건가요? 호호호."

한층 더 성장한 사토미는 현성을 바라보며 매혹적인 미소를 지었다.

"역시 이시이 연구소가 자랑하는 걸작품이로군."

그때 극동회 일본 가옥 안에서 한 사내가 모습을 드러냈다.

사토미의 뒤에서 등장한 그는 만족스러운 표정을 짓고 있었다. 이시이 연구소에서 오랜 연구 끝에 탄생한 결과물을 자신의 눈으로 볼 수 있었기 때문이다.

"너는……?"

커다란 검은색 사각 안경을 쓰고 있는 30대의 학구풍 사내.

그리고 그는 하얀 양복을 입고 있었다.

"나는 이세키 쥬이치로다."

"이세키 쥬이치로!"

현성은 사내, 이세키 쥬이치로의 말에 놀란 표정을 지었다.

지금 같은 상황에서 갑작스럽게 자신이 구할 목표를 만날 줄은 몰랐던 것이다.

"이곳에서 도망쳐라. 자칫 잘못하면 죽을 수 있으니까."

현성은 사토미와 이세키 쥬이치로를 긴장한 눈으로 번갈아보며 말했다.

사토미가 마음만 먹는다면 이세키 쥬이치로를 살해할 수 있었다. 물론 그전에 현성이 그녀의 공격을 막아낼 테지만.

하지만 사토미의 능력은 완전 미지수였다.

어떤 일이 생겨날지 현성도 확실히 장담할 수 없었다.

"그럴 걱정은 하지 않아도 된다. 나는 이 녀석의 편이니까."

"뭐?"

이세키 쥬이치로의 이해가 되지 않는 말에 현성은 의아한 표정을 지었다.

"그렇군. 안경을 벗으면 알 수 있으려나?"

이세키 쥬이치로는 키득거리며 커다란 검은색 사각 뿔테 안경을 벗었다.

그러자 현성은 어딘가 아주 익숙한 얼굴을 볼 수 있었다.

"그 얼굴은……?"

"이미 나와 똑같은 얼굴을 가진 자와 만나지 않았나?"

"똑같은 얼굴을 가진 자라니? 그게 무슨……? 헛!"

순간 현성은 눈을 부릅떴다.

닮았다.

이시이 연구소에서 본 그자와!

"너, 너는 이시이 로쿠로!"

"이제야 기억이 났나 보군."

이세키 쥬이치로는 입 꼬리를 비틀어 올리며 기분 나쁜 미소를 지어 보였다.

"어떻게 네놈이……."

현성은 놀란 표정으로 눈앞에 있는 30대 사내를 바라봤다.

이시이 로쿠로는 자신의 손으로 확실히 처리했다.

그런데 어째서……?

"서, 설마 네놈은!"

"이제야 눈치챘나 보군."

이세키 쥬이치로는 놀란 표정을 짓고 있는 현성을 바라보며 웃음을 터뜨렸다.

"이세키 쥬이치로(井石十一郎)는 가명! 나의 진짜 이름은 이시이 쥬이치로(石井十一郎)다!"

"이시이라고?!"

현성은 이세키 쥬이치로, 아니 이시이 쥬이치로의 충격적인 말에 놀란 목소리로 소리쳤다.

"이세키는 이시이라는 한문을 반대로 나열했을 때 성이지."

이시이 쥬이치로는 현성을 비웃는 얼굴로 바라보며 의기양양한 목소리로 말했다.

제 9 장
이세키 쥬이치로의 최후

"그런 바보 같은……!"

현성은 기가 막힌 표정으로 이시이 쥬이치로를 바라봤다.

설마 자신이 구하려고 했던 인물이 이시이 시로의 클론 중 한 명이었다니!

어처구니없는 일이지 않은가?

"로쿠로는 여섯 번째, 나는 열한 번째 클론이다."

"로쿠, 쥬이치……."

현성은 당했다는 표정을 지었다.

로쿠와 쥬이치는 일본어이며, 한국어로 번역하면 각각 6과 11이다.

그리고 시는 4를 뜻한다.

시로와 로쿠로, 쥬이치로에서 로는 사내 랑(郞)자이며, 일본어 음독으로는 로다. 각각 네 번째, 여섯 번째, 열한 번째 사나이라는 의미인 것이다.

"그렇다면 처음부터 함정이었다는 말이로군."

요모기 연합이 한국 지부에 도움을 요청한 이유는 이시이 연구소에 있는 이세키 쥬이치로를 구하기 위함이었다.

하지만 이세키 쥬이치로는 이시이 로쿠로와 같은 이시이 시로의 클론체였다.

요모기 연합의 고아원을 습격한 것도, 이세키 쥬이치로가 도움을 요청한 것도 전부 함정이었던 것이다.

"어쩐지 마네키네코의 손이 쉽게 부러진다 싶더라니……."

"설마 진짜 내 말대로 한 것이냐? 이거 참 걸작이군."

현성의 말에 이세키 쥬이치로는 웃음을 터뜨렸다.

마네키네코의 손은 침입자를 판별하기 위해 파놓은 함정이었다. 이세키 쥬이치로는 요모기 연합에게 이시이 연구소로 들어가는 방법 중, 부정 루트로 접속하는 방법을 가르쳐 주었던 것이다.

"대체 무슨 목적으로 이런 함정을 판 것이지?"

"글쎄… 아마 그건 너 때문이 아닐까?"

"뭐?"

한국 지부를 함정에 빠트리기 위함이 아니라 자신 때문이라니?

"최근 우리 일본 지부는 한국 지부와 대립하면서 임무 실패율이 극단적으로 높아졌다. 그로 인한 피해도 어마어마하지. 그 이유를 파악하기 위해 함정을 판 것인데 네놈이 걸려든 것이다. 그리고 네놈의 실력을 보면 어째서 우리 일본 지부가 실패를 해왔는지 알 만하군."

이시이 쥬이치로는 혀를 내둘렀다.

현성의 실력 하나만큼은 인정해 줄 수밖에 없었다.

혼자서 이시이 연구소를 쑥대밭으로 만들고, 극동회 찾아와서 백체나 되는 키메라들을 쓰러뜨렸으니 말이다.

일본 지부과 한국지부에 질만도 했다.

"하지만 이제 그것도 끝이지. 큭큭."

이시이 쥬이치로는 기분 나쁜 미소를 지었다.

그는 지금 확실하게 현성을 쓰러뜨릴 자신이 있었다.

한눈에 봐도 현성은 굉장히 지쳐 보였으니까.

거기다 자신에게는 아주 듬직한 아군이 있지 않은가?

"백식. 저놈을 내 앞에 끌고 와라."

"……."

이시이 쥬이치로의 명령에 백식이라고 불린 소녀, 아마이 사토미는 침묵했다.

그러자 이시이 쥬이치로는 신결질 적으로 소리쳤다.

"내 명령이 들리지 않나? 당장 저놈을 끌고 오… 컥!"

순간 이시이 쥬이치로는 숨이 막히는 소리를 냈다.

"이, 이게 무슨 짓이냐?"

"내가 왜 당신의 명령을 들어야 하죠?"

"뭐, 뭐라고?"

"나는 이제 예전의 내가 아니에요. 더 이상 당신의 명령을 들을 필요가 없다고 생각해요, 닥터 이시이."

"이, 이놈……! 배신할 셈이냐!"

"배신? 호호호."

순간 아마이 사토미에게서 제 정신을 차리지 못하면 의식이 날아가 버릴 것 같은 무시무시한 살기가 흘러나왔다.

"나에게 그런 짓을 하게 만들어 놓고 무사할 거라 생각했나요?"

열네 살 소녀의 입에서 한 맺힌 음성이 차갑게 흘러나온다.

"나는 아직도 기억하고 있답니다, 닥터 이시이. 당신이 우리들에게 해온 행위들을."

어떻게 잊을 수 있을까?

이시이 연구소에서 지내며 당해왔던 끔찍한 실험들을!

콱!

"크억!"

사토미는 손에 힘을 주며 움켜쥐었다.

그러자 이시이 쥬이치로는 고통스러운 표정을 지었다.

"원통하게 죽어간 친구들의 복수를 지금 당장 해드리지요."

사토미는 악마 같은 표정을 지으며 이시이 쥬이치로를 죽일 듯이 노려봤다.

연구소에 있는 방 안에서 함께 동고동락하던 친구들은 하나 둘 끌려 나가더니 두 번 다시 돌아오지 않았다.

시간이 흐를수록 사토미는 외톨이가 되어갔다.

그리고 어느 날 사토미도 방에서 끌려 나가 이시이 연구소의 실험체가 되었으며, 그 결과 인간의 세포를 흡수하지 않으면 살아갈 수 없는 괴물 같은 몸이 되어 버렸다.

"기어오르지 마라, 건방진 인형아!"

콰앙!

"꺄악!"

"큭!"

순간 이시이 쥬이치로와 사토미 사이에 폭발이 일어났다.

이시이 쥬이치로의 목을 잡고 있던 사토미를 날려버리기에는 충분한 화력이었다.

조금 떨어진 곳에서 그들을 지켜보던 현성에게까지 파편이 날아올 정도였다.

현성은 폭발이 일어나자 재빨리 방어 마법을 시전하여 파편을 막아냈다.

"자, 자폭한 건가?!"

놀랍게도 이시이 쥬이치로는 미쳤다고밖에 생각할 수 없는 행동을 했다.

바로 지근거리에서 수류탄을 폭발시켰던 것이다.

사토미는 둘째치더라도 맨몸의 인간인 이시이 쥬이치로는 정원 바닥에 육편 조각이 되어 흩어졌다.

"처참하군."

고기 조각으로 변한 이시이 쥬이치로의 모습에 현성은 눈살을 찌푸렸다.

그 순간,

스스스스스스슥.

"뭐, 뭐지?"

이시이 쥬이치로의 육편 조각들이 한곳으로 모이기 시작하는 게 아닌가?

잠시 후, 육편 조각들은 한곳으로 뭉치더니 이시이 쥬이치로의 형태를 만들어냈다.

"후⋯⋯."

얼마 지나지 않아 산뜻한 표정의 이시이 쥬이치로가 알몸으로 극동회의 정원에 모습을 드러냈다.

"허. 이런 말도 안 되는⋯⋯."

믿기지 않는 이시이 쥬이치로의 재생 능력에 현성은 놀랍다기보다 어처구니가 없는 표정을 지었다.

"훗. 놀라운가? 나는 불사자 클론 프로젝트의 유일한 생존

자다. 그 누구도 나를 죽일 수 없지. 크크큭."

이시이 쥬이치로는 기분 나쁜 미소로 현성을 바라봤다.

"이시이 로쿠로도 너와 같은 능력을 지닌 것이냐?"

"그놈은 구닥다리다. 이시이 시로의 두뇌를 가진 클론일 뿐이지. 나는 무적이라고 할 수 있는 초재생 능력과 이시이 시로의 천재적인 두뇌를 가졌지만 말이야."

그렇게 말한 이시이 쥬이치로는 한차례 웃음을 터뜨렸다.

그리고 근처에 쓰러져 있던 극동회 조직원의 검은색 양복을 벗기고 자신이 입었다.

"그보다……."

이시이 쥬이치로는 눈을 가늘게 뜨며 수류탄으로 튕겨져 날아간 사토미를 노려봤다.

"건방진 인형 주제에 감히 주인에게 손을 대?"

"……."

사토미는 수류탄으로 생긴 상처를 수복 중이었다.

이시이 쥬이치로처럼 화려하게 폭발하지는 않았지만, 작은 몸에 크고 작은 상처들이 제법 생겨 있었던 것이다.

그 덕분에 지금은 정원 바닥에 쓰러진 채 치료에 전념하고 있었다.

"멍청한 년. 너는 절대 나를 죽일 수 없다. 그리고 내가 안전장치 하나 가지고 있지 않다고 생각하나?"

이시이 쥬이치로는 오른손을 펼치고 하늘로 향했다.

그러자 그의 오른 손바닥에서 무언가 꾸물꾸물 거리며 올라왔다.

그것은 검은색 광택 재질의 제어 장치였다.

이시이 쥬이치로는 제어 장치를 움켜쥐고 엄지로 스위치를 꾹 눌렀다.

"꺄아아악!"

그러자 돌연 사토미가 괴로운 듯 몸을 뒤틀며 비명을 지르기 시작했다.

그런 그녀에게 이시이 쥬이치로는 광기 어린 웃음을 흘리며 말했다.

"너에게 그 몸을 준 게 누구라고 생각하느냐? 네년의 유전자 레벨의 구조까지 나는 알고 있다고!"

"꺄아아악!"

그 와중에 사토미는 고통스러운 비명을 끊임없이 질렀다.

하지만 이시이 쥬이치로는 장치를 멈출 생각이 없어 보였다.

"그만둬!"

그것을 보다 못한 현성이 이시이 쥬이치로를 향해 달려들었다. 현성은 블링크를 시전해 눈 깜짝할 사이에 이시이 쥬이치로의 앞에 섰다.

"이, 이놈이……!"

그리고 재빠르게 손을 뻗어 제어 장치를 빼앗아 작동을 멈쳤다.

"하아하아……."

제어 장치의 작동이 멈추자 사토미는 몸에 경련을 일으키며 가쁜 숨을 몰아쉬었다.

"이 장치는 대체……?"

현성은 자신의 손에 들려 있는 장치와 사토미를 번갈아 바라봤다.

"아포토시스. 그 계집의 세포를 죽일 수 있는 장치다."

아포토시스(Apoptosis).

유전자에 의해 제어되는 세포의 자살.

이시이 쥬이치로는 이시이 연구소에서 만들어낸 사토미가 통제 불능에 빠질 때를 대비해, 아포토시스 장치를 만들어냈다.

사토미를 효율적으로 조종하거나, 혹은 상황에 따라 처분하기 위해서.

"자, 잘 됐네요, 오빠. 그거라면 나를 죽일 수 있을 테니까."

사토미는 희미한 자조적인 미소를 지으며 현성을 바라봤다.

아포토시스 제어 장치라면 간단히 사토미를 죽일 수 있을 것이다.

고통 속에 발버둥을 치게 만들면서.

파직! 펑!

현성은 아포토시스 제어 장치를 들고 있는 손에 라이트닝 쇼크를 시전했다.

노란색 스파크가 번쩍이는가 싶더니 제어 장치의 전자회로에 쇼트가 일어나며 불타버렸다.

"무, 무슨 짓을 한 거냐!"

그 모습을 본 이시이 쥬이치로는 놀란 표정을 지으며 소리쳤다. 아포토시스 제어 장치는 제작하기가 상당히 까다로운 물건이었다.

제작하는데 들어가는 재료도 그렇지만, 사토미의 세포에 명령을 보내는 파장과 주파수를 새롭게 조정해야 했다.

'기껏 내 몸과 동화시켜 놓은 것을!'

그뿐만이 아니라 조금 전 현성이 파괴한 아포토시스 제어 장치는 유니크급 아티팩트를 사용하여 이시이 쥬이치로의 몸과 동화가 가능한 세계에서 단 하나뿐인 물건이었다.

그런데 그것을 파괴시키다니!

이시이 쥬이치로는 이를 갈며 현성을 죽일 듯이 노려봤다.

"어, 어째서……?"

그리고 이시이 쥬이치로와 다른 의미로 사토미는 놀란 표정으로 현성을 바라봤다.

현성은 아무 말 없이 사토미를 향해 다가갔다.

슥슥.

"우웅······."

머리를 부드럽게 쓰다듬는 현성의 손길에 사토미는 아기 고양이 같은 표정을 지었다.

"나는 너와 싸우고 싶지 않아. 그리고 네가 요모기 연합의 조직원들을 죽이지 않았다는 사실도 알고 있지."

사토미는 요모기 연합의 조직원들을 수십 명 먹어치웠다고 이야기했었다.

하지만 현성은 알고 있었다.

요모기 연합의 조직원들 중 실종자가 없었다는 사실을.

비록 사망자들이 있긴 했지만, 그건 극동회 조직원들의 칼에 찔려 죽은 자들이었다.

사토미의 말대로 수십 명이나 되는 요모기 조직원들을 흡수했다면, 당연히 그 정도 숫자의 실종자가 나와야 했다.

"그렇다고 해도 제가 인간을 흡수한 건 사실이에요."

사토미는 씁쓸한 목소리로 중얼거렸다.

이시이 연구소의 실험실에서 사토미는 연구자들에게 강제적으로 흡수 능력을 확인한다는 이유로 동고동락을 하던 아이들을 눈물을 흘리며 먹어치웠다.

그리고 바로 조금 전만 해도 극동회의 조직원이자 키메라들을 흡수하지 않았던가?

"하지만 사실은 그들을 흡수하고 싶었던 건 아니잖아."

"······!"

그랬다.

사토미는 이시이 연구소에서 아이들을 흡수하고 싶지 않았다.

하지만 극동회 조직원들은 달랐다.

그들은 이시이 연구소와 한통속이었으며, 자신들을 직접적으로 납치한 자들이었으니까.

그들에 대해서는 일말의 죄책감도 가지지 않았다.

"이렇게 된 이상 어쩔 수 없군. 네놈들 전부 죽여주마!"

그때 이시이 쥬이치로가 악귀 같은 얼굴로 현성과 사토미를 노려보며 말했다.

지금 사토미는 아포토시스 때문에 몸을 움직일 수 있는 상태가 아니었다.

사멸한 세포들을 다시 재생시키려면 아직 시간이 걸렸다.

"닥쳐라!"

현성은 차가운 눈으로 날카롭게 이시이 쥬이치로를 노려봤다.

"쓰레기 같은 자식들! 과거의 잘못을 뉘우치기는커녕 현대에서도 똑같은 짓을 하고 있었다니! 네놈들의 만행에 정말 치가 떨리는구나!"

"이 어린놈의 조센징이 뭐라고 지껄이는 거야!"

"네놈들의 만행은 분명 마법 협회 일본 지부의 뜻이겠지?"

"그렇다면 어쩔 거냐?"

"그렇다면……."

현성은 이시이 쥬이치로를 향해 한걸음 발을 내딛었다.

쿠우웅!

"마법 협회 일본 지부는 오늘 부로 사라질 것이다."

지면을 타고 충격파가 이시이 쥬이치로를 덮쳤다.

"큭! 이게 무슨!"

흔들리는 지면에 이시이 쥬이치로는 몸을 가누지 못했다.

그야말로 빈틈투성이가 아닐 수 없는 상황.

"헛!"

순간 이시이 쥬이치로는 숨을 삼켰다.

어느틈엔가 바로 눈앞에 현성이 다가와 있었던 것이다.

"메테오 임팩트(Meteor Impact)!"

투콰앙!

"크아아악!"

어마어마한 폭발과 함께 이시이 쥬이치로의 몸이 뒤로 솟구쳐 올랐다. 그의 육편이 사방으로 비산하며 극동회의 정원에 떨어져 내렸다.

하지만 잠시 후,

스스스스스스스슥!

이시이 쥬이치로의 파편들이 스멀스멀 움직이며 한곳에 뭉쳐졌다.

"크크큭! 무리다. 나는 절대 죽지 않는다! 나는 불사신이다! 크하하하핫!"

알몸으로 다시 나타난 이시이 쥬이치로는 무엇이 그렇게 좋은지 광소를 터뜨렸다.

서컥!

그 순간 현성이 휘두른 아쿠아 블레이드에 이시이 쥬이치로의 웃고 있는 머리가 떨어져 나갔다.

붉은색 핏물이 허공에 흩날리며 이시이 쥬이치로의 머리가 땅바닥을 나뒹굴었다.

"이, 이 자식!"

이시이 쥬이치로는 웃고 있는데 머리가 잘려나가자 굉장히 기분이 나쁜 얼굴로 현성을 노려봤다.

머리가 잘려나갔음에도 불구하고 현성을 죽일 듯이 노려보는 이시이 쥬이치로의 모습에 자기 입으로 불사신이라고 외치는 만큼 생명력 하나만큼은 끈질겨 보였다.

콱!

"컥!"

하지만 현성은 그런 이시이 쥬이치로의 모습이 전혀 개의치 않았다.

몸통에서 분리된 이시이 쥬이치로의 머리를 발로 지그시 밟으며 현성은 나직한 목소리로 말했다.

"이시이 로쿠로. 네놈은 대체 몇 번을 죽어야 될까?"

"이 건방진!"

이시이 쥬이치로는 분노한 얼굴로 소리쳤다.

툭.

그리고 현성의 발치에 수류탄 하나가 또르르 굴러와 멈춰섰다. 머리통과 분리된 이시이 쥬이치로의 몸이 극동회 조직원들이 가지고 있던 수류탄 하나를 집어 던졌던 것이다.

"블링크(Blink)!"

수류탄을 확인한 현성은 재빠르게 단거리 공간 이동 마법으로 수류탄의 폭발 범위에서 벗어났다.

콰콰쾅!

그 직후 수류탄이 폭발하며 수많은 파편이 사방으로 비산했다. 미처 피하지 못한 파편들은 방어 마법으로 막아냈다.

스스스슥!

얼마 지나지 않아 잘게 다져진 고기 조각으로 흩어진 이시이 쥬이치로의 육편들이 다시 모이기 시작했다.

"흠."

그 장면을 본 현성은 혀를 짧게 찼다.

이시이 쥬이치로의 재생력은 상상을 초월했다.

머리와 몸이 조각조각이 나도 그는 반드시 다시 되살아났다.

말 그대로 불사신이 다름없었다.

"이 빌어먹을 자식!"

몸을 원상태로 돌린 이시이 쥬이치로는 현성을 노려봤다.

그는 지금 짜증이 있는 대로 솟구쳐 올라와 있었다.

아마이 사토미와 자신이 힘을 합치면 손쉽게 눈앞에 있는 소년을 제압할 수 있을 거라 생각했다.

하지만 믿었던 아마이 사토미는 자신을 배신했으며, 지칠 대로 지쳐 있을 거라 생각했던 소년은 아직 팔팔해 보였다.

'나는 쓰러뜨릴 수 없다.'

이시이 쥬이치로는 어금니를 깨물었다.

불로불사의 능력만으로는 현성을 상대 할 수 없었다.

몇 번 현성과 맞부딪치며 내린 결론이었다.

'하다못해 저 인형 년이 배신만 하지 않았어도!'

이시이 쥬이치로는 입맛이 썼다.

지금 상황에서 그가 내릴 수 있는 선택은 한 가지밖에 없어 보였다.

"건방진 놈들! 일본 지부의 모든 힘을 동원하여 반드시 네 놈들을 지구상에서 없애주겠다!"

그 말을 남긴 이시이 쥬이치로는 몸을 뒤로 날렸다.

"그 꼴로 어딜 갈 생각인가? 변태 자식아."

"헛!"

이시이 쥬이치로는 숨을 삼켰다.

바로 눈앞에 현성이 다가와 있었던 것이다.

쫘악!

"크으윽!"

현성은 이시이 쥬이치로의 목을 움켜잡았다.

"이, 이거 놓지 못해?!"

"흥. 네놈의 약점은 이미 파악했다. 약골 변태."

현성은 피식 웃었다.

이시이 쥬이치로가 현성을 상대 할 수 없다는 사실을 깨달은 것처럼, 현성도 이시이 쥬이치로가 재생능력만 탁월하다는 사실을 알아챘다.

전투력만 놓고 보면, 이시이 쥬이치로는 키메라들보다도 못했다.

"네놈의 자만심과 사토미를 믿은 게 패인이로군."

"큭!"

이시이 쥬이치로는 아무말을 하지 못했다.

현성의 말대로였으니까.

"하지만 네놈은 날 절대 죽일 수 없다!"

"유감이지만 그건 인정하지. 그러나 한 가지 알아둬라. 나는 네놈이 죽을 때까지 불태울 수도 있다는 걸."

"무슨 말인지 모르겠군."

이시이 쥬이치로는 현성의 말에 모르는 척했다.

하지만 아주 미세하지만 그의 눈이 떨리고 있다는 걸 현성은 감지해냈다.

"그래서 나를 어쩔 셈이지? 영원히 이대로 있을 생각인가?"

지금은 현성이 이시이 쥬이치로의 목을 잡고 대치 상황에 들어간 상태.

이시이 쥬이치로를 베고, 찌르고, 폭파해도 그는 다시 멀쩡하게 살아날 것이다.

"물론 이대로 있을 생각은 없다. 단지 네놈의 머릿속을 잠깐 엿볼 생각이니까."

"뭐?"

현성의 말에 이시이 쥬이치로는 의아한 표정을 지었다.

그리고 그것이 이시이 쥬이치로가 의식이 있을 때 마지막으로 지은 표정이었다.

"메모리 스캔(Memory Scan)."

"끄아아악!"

현성은 이시이 쥬이치로의 머릿속을 살펴보기 시작했다.

그러자 이시이 쥬이치로는 현성의 손에 목을 잡힌 채 비명을 질렀다.

"이케다 신겐……."

이시이 쥬이치로에게서 알아낸 정보는 이시이 로쿠로 때와 크게 다를 바 없었다.

다만, 숨겨져 있는 일본 지부의 위치와, 일본 지부의 지부장인 이케다 신겐이라는 노인에 대해 추가적으로 알게 되었다.

"마인드 브로큰(Mind Broken)!"

"크헉!"

비명을 지르던 이시이 쥬이치로의 목소리가 멈췄다.

그리고 악의로 빛나고 있던 눈동자는 죽은 생선의 눈동자처럼 빛을 잃었다.

털썩.

목을 움켜잡고 있던 손에 힘을 풀자 이시이 쥬이치로의 알몸이 정원 바닥에 힘없이 쓰러졌다.

"끝났군."

현성은 차가운 눈으로 이시이 쥬이치로를 내려다봤다.

메모리 스캔으로 그가 무슨 짓을 했는지 떠올린 현성은 잠깐 눈살을 찌푸렸다.

이시이 쥬이치로는 이시이 로쿠로처럼 어린 아이를 상대로 악마와 같은 실험을 자행해왔다.

그리고 그 결과물이자 결정판이 바로 아마이 사토미였다.

아직 나이도 어린 아이들이 제국주의를 잊지 못한 일본 극우파들의 야망에 희생된 것이다.

"쓰레기 같은 놈들."

그 말을 남긴 현성은 미련 없이 몸을 돌렸다.

그리고 여전히 바닥에 쓰러져 있는 아마이 사토미를 향해 발걸음을 옮겼다.

제 10 장
야스쿠니 신사

"이제 좀 괜찮나?"

사토미에게 다가간 현성은 걱정스러운 어조로 입을 열었다.

"그는?"

사토미는 이시이 쥬이치로를 곁눈질로 가리켰다.

"끝났다."

이시이 쥬이치로는 현성의 마인드 브로큰 마법에 자아가 붕괴됐다.

아무리 인지를 초월한 불사자의 재생 능력이라고 해도 붕괴된 자아까지 복구할 수는 없을 터.

이시이 로쿠로와 이시이 쥬이치로는 육체적으로는 죽진 않았지만, 정신적으로는 죽은 셈이었다.

기존의 자아는 완전히 붕괴 되었으니까.

이후, 새로운 인격이 형성되어 이전과는 다른 사람이 될 것이다.

"왜 저를 죽이지 않는 거죠?"

"나는 아무도 죽이지 않는다."

"……."

현성의 말에 사토미는 침묵했다.

하지만 현성의 말은 사실이었다.

이드레시안 차원계에 있을 때, 현성은 전쟁에 휘말려 수많은 생명을 죽여 왔다.

하지만 말년이 다 되어 8서클을 깨닫고 임종한 후, 다시 현대로 돌아오고 나서는 아무도 죽이지 않았다.

'하지만 죽여도 시원찮을 쓰레기 같은 놈들이 없는 건 아니지.'

그런 놈들은 죽이진 않고 자아를 붕괴시켰다.

그들은 백치가 되어 살다가, 이전과는 완전히 반대되는 자아가 생겨나 남은 삶을 살아가게 될 것이다.

"그럼 안아줘요."

사토미는 현성을 물끄러미 응시하더니 양 팔을 내밀었다.

그녀의 말에 현성은 묵묵히 사토미를 안아 올렸다.

"헤헤. 공주님 안기 한번 해보고 싶었어요."

불과 조금 전까지 자주색 기운을 날리며 차가운 모습을 보이던 때와는 완전히 딴판이었다.

분명 지금이 그녀의 본래 모습이겠지.

사토미는 말없이 현성의 품에 꼭 안겼다.

그리고 현성의 귀에 입을 가져다대고 작은 목소리로 속삭였다.

"고마워요, 오빠. 그리고 미안해요."

그 말을 남긴 사토미는 현성의 볼에 입을 맞췄다.

"사토미?"

갑작스러운 사토미의 말과 행동에 현성은 의아한 표정을 지었다.

샤아아악.

"......!"

순간 현성은 놀란 표정을 지었다.

사토미의 발끝에서 하얀 빛 입자가 흘러나오고 있었던 것이다.

"이게 무슨?"

"이미 늦었어요."

사토미는 빛의 입자를 공중에 흩날리며 사라져 가고 있엇다.

이 상황은 이시이 쥬이치로도 생각하지 못했던 일이었다.

아포토시스 제어 장치를 만들고 한 번도 임상 실험을 해보지 않았던 것이다.

이론적이라면 장치를 가동했을 때 세포를 파괴하면서 그녀에게 고통을 준다.

그리고 그것으로 끝이었다.

물론 계속 켜두고 있으면 일정 이상의 세포가 사멸해 죽음에 이를 수 있었다.

하지만 그 일정 이상의 세포가 사멸하는 시간이 어느 정도인지 이시이 쥬이치로는 오판했다.

이시이 쥬이치로가 설계대로라면 5분 이상 장치를 켜둘 경우 돌이킬 수 없는 사태에 직면한다.

하지만 실제로는 그보다 더 짧았다.

아포토시스 제어 장치가 켜져 있던 시간은 약 1분 여.

그 시간만으로도 사토미에게는 치명적이었다.

"바이바이, 오빠."

그렇게 사토미는 현성의 품 안에서 빛이 되어 사라졌다.

"……."

'편안히 쉴 수 있기를…….'

현성은 사토미가 사라지자 조용히 묵념했다.

짧은 시간 사토미의 명복을 빌어준 현성은 극동회의 가옥을 향해 발걸음을 옮겼다.

        *   *   *

　가옥 내에는 아직 잔존 중인 극동회의 조직원들이 남아 있었다. 그들을 가볍게 제압하며 현성은 이시이 쥬이치로부터 알아낸 인질들을 감금하고 있는 지하 창고로 향했다.

　그곳은 온갖 불법적인 일들을 하기 위한 물건을 보관하고 있는 비밀 지하 창고였다.

　보통 물건들이 많지만, 때에 따라 지금처럼 인질들을 감금해놓기도 한다.

　콰앙!

　"여기로군."

　가옥 내에 있는 비밀 지하 창고 입구에 도착한 현성은 두터운 철문을 날려 버렸다.

　"도와주세요!"

　"집에 가고 싶어요!"

　"엄마!"

　지하 창고 입구 문이 날아가자 인질로 잡혀 있던 아이들이 얼굴을 비췄다.

　"걱정 마라. 곧 집으로 돌아가게 될 테니까."

　현성은 아이들을 내려다보며 미소를 지었다.

　"현성 군?"

　그때 초췌한 몰골의 여인이 입구를 통해 지하 창고로 비춰

야스쿠니 신사　245

들어오는 빛 속에서 모습을 드러냈다.

"무사했군요. 다른 사람들은?"

"여기 있다."

현성의 질문에 최미현의 뒤를 이어 서유나와 쿠레하가 모습을 보였다.

"모두 무사합니까?"

"모두 괜찮다."

서유나의 대답에 현성은 안도의 한숨을 내쉬었다.

"다행이군요."

현성은 지하 창고에 있던 인질들을 하나둘씩 데리고 나왔다. 모두 몰골이 말이 아니었지만, 어디 다치거나 하진 않아 보였다.

"늦었어."

"왜 이제 온 거냐."

"기다리다 지쳤어요!"

세 명의 여인들은 샐쭉한 눈으로 현성을 바라보며 핀잔을 주었다.

"그게 여러 일이 있는 바람에……."

현성은 그녀들의 시선에 눈도 마주치지 못하고 어색한 웃음을 흘렸다.

"농담이에요. 구해줘서 고마워요."

"늦었지만 구하러 와주었으니 넘어가도록 하지."

"다음에 늦으면 절대 용서해주지 않을 테니까!"

그녀들은 현성을 바라보며 작은 미소를 지어 보였다.

'이래서 여자들이란……'

이랬다저랬다 하다가, 구해주었음에도 팅기고 있는 여인들의 태도에 현성은 속으로 한숨을 내쉬었다.

"그럼 뒤를 부탁합니다."

"어, 어딜 가려고?"

"아직 할 일이 남아서요."

현성은 몸을 돌렸다.

이번 일을 일으킨 원흉이 아직 남아 있었다.

'이케다 신겐. 마법 협회 일본 지부의 지부장.'

그 노인을 잡지 않으면 이번 사태는 일단락되지 않는다.

"조금 있으면 한국 지부 마법사들이 올 겁니다. 타츠야를 미리 보내놓았으니 기다리면 곧 오겠죠."

"요, 요모기 연합은 어떻게 되었나?"

"부상자들은 치료했으니 걱정하지 않아도 된다."

"그래?"

현성의 대답에 쿠레하는 안도하는 표정을 지었다.

필시 한솥밥을 먹으며 지내온 요모기 연합의 조직원들이 걱정스러웠겠지.

하지만 이번 사태로 극동회 조직원들에게 살해당한 요모기 연합 조직원들이 꽤 있었다.

현성은 굳이 그 사실을 말해주지 않았다.

그녀가 걱정할 테니까.

그리고 사망자들보다 부상자들이 압도적으로 많았다.

현성은 그들을 치료하고 왔다고 이야기한 것이다.

그 때문에 쿠레하는 안도하는 표정을 짓고 있었다.

"그럼……."

일본 야쿠자 조직인 극동회는 괴멸했다.

잔존 조직원들은 이미 현성이 대부분 제압해 두었으며, 아주 극소수만이 남아 있을 뿐이었다.

그들로서는 아무것도 하지 못할 것이다.

"이제 야쿠스니 신사로 가볼까?"

마법 협회 일본 지부의 총 본부가 있는 장소.

그곳은 2차 세계대전 전범들을 안치하고 참배하는 일본 극우들의 성지였다.

＊　　　＊　　　＊

야스쿠니 신사.

일본 도쿄 지요다구에 있는 신사로, 일본 전체의 신사 중에서 가장 큰 규모의 신사다.

야스쿠니 신사의 야스쿠니는 '나라를 편안하게 한다' 라는 의미이며, 호국과 황국 신사로 2차 세계대전 당시 사망한 자들의 영령을 위해 제사하고, 국민에게 천황숭배와 군국주의를 고무시키는 절대적인 역할을 수행해왔다.

그 일례로 오늘날에도 일본 우익들이나 총리까지 2차 세계대전의 전범들이 안치되어 있는 야스쿠니 신사에 참배를 하러 올 정도였다.

말 그대로 일본 우익 세력들의 상징적인 장소로 할 수 있으리라.

그리고 그 지하에 일본을 뒤에서 움직이고 있는 마법 협회 일본 지부의 총본부가 존재하고 있었다.

야스쿠니 신사의 지하.

마법 협회 일본 지부의 지부장실.

탁탁탁.

아늑한 크기의 지부장실에 있는 편안한 소파 같은 의자에 앉아 있는 노인이 손가락으로 책상을 두드리며 생각에 잠겨 있었다.

"그러니까 지금 이시이 연구소뿐만이 아니라 극동회에서도 연락이 없다고?"

노인, 이케다 신겐은 심기가 불편한 얼굴로 소리치듯이 말했다.

"예, 옙! 오늘 오전부터 연락이 되지 않고 있습니다."

그 앞에서 양복을 입고 있는 40대 중반 사내가 있었다.

그는 이케다 신겐의 노기가 서려 있는 목소리에 떨리는 몸을 애써 진정시키며 대답했다.

"끙……."

도조 히데유키의 말에 이케다 신겐은 앓는 소리를 냈다.

'작전을 방해하는 놈을 한국 지부에서 끌어내는 것까진 성공했는데 이후가 문제로군.'

설마 OH-1 전투헬기로 목표를 쓰러뜨리지 못할 줄은 생각도 하지 못했다.

아무리 마법사가 강하다고 해도 현대 병기 앞에서는 아무래도 밀릴 수밖에 없으니 말이다.

'거기에 이시이 연구소와 극동회에서 연락이 끊어졌다라…….'

이시이 연구소와 극동회는 자신들의 작전을 방해한 놈을 처리하기 위해 대규모의 함정을 파놓고 대기 중에 있었다.

만약 자신들의 목표가 함정에 걸려들었다면 OH-1 전투헬기가 습격했을 때와는 비교가 되지 않을 것이다.

거의 100% 목표를 제압 혹은 처리할 수 있으리라.

'그런데 연락이 두절돼?'

"좋지 않군."

"너무 걱정하지 말고 안심 하십시오. 이시이 연구소가 호락호락 당할 리 없지 않습니까? 아무 문제없을 겁니다."

이시이 연구소가 어떤 곳인가?

마법 협회 일본 지부가 자랑하는 최첨단 과학 연구 시설이다. 자금, 기술력, 인재 그리고 실험을 위해서라면 무슨 짓이든 마다하지 않는 강인한 정신력까지.

지금까지 이시이 연구소에서 개발되고 연구된 결과물들은 이케다 신젠의 마음을 만족시켜 왔다.

"그렇긴 하지. 이시이 연구소의 연구 결과로 닌자들과 사무라이들을 만들어냈으니까 말이야."

일본 지부는 마법사들의 수가 많지 않았다.

1~3서클인 마법사들조차 얼마 되지 않았던 것이다.

다른 마법 협회 지부에 비하면 전력이 약하다고 볼 수 있었다.

하지만 이시이 연구소에서 내놓은 연구 결과물들은 다른 지부에서 일본을 무시하지 못할 정도로 성장시켰다.

스파이 활동의 정점을 찍고 있는 닌자들이나, 검기를 발산하는 사무라이들은 일반 사병들보다 월등히 강했다.

그리고 물론 비리비리한 마법사들보다도.

"그리고 저희들의 정보에 의하면 한국 지부에서는 겨우 세 명만 일본에 입국했습니다. 그중 한 명은 통역관으로 마법사도 아니고 OH-1 전투헬기를 파괴시킨 소년 마법사도 겨우 한 명이지 않습니까?"

"하지만 자꾸 안 좋은 예감이 들어."

"이시이 연구소는 불패입니다! 저는 절대 그들이 실패했으

리라 생각하지 않습니다!'

도조 히데유키는 자신감이 넘치는 표정으로 말했다.

그는 이시이 연구소에 대한 절대적인 믿음을 가지고 있었다.

그리고 그것은 이케다 신겐도 마찬가지.

바로 그 때문에 이시이 연구소나 극동회가 실패하면 어떻게 할 것이냐고 닦달하지 않고 있었다.

본래 이케다 신겐의 성격이라면 일본 전통 가옥에서처럼 중력 마법으로 찍어 누르며 노발대발하고 있었을 것이다.

"하긴. 애당초 그놈들은 고작 한두 명밖에 되지 않지. 그들이 아무리 강해봐야 이시이 연구소의 전력을 감당할 수 없을 거야."

"이케다 신겐 지부장님의 말이 바로 제 말입니다."

도조 히데유키는 비굴한 표정으로 아부성이 다분한 말을 했다. 그 말에 기분이 조금 풀어진 이케다 신겐은 의자에 몸을 기대며 중얼거렸다.

"좋은 결과가 올 때까지 기다리고 있어야겠군."

"차나 한잔 타 올까요?"

이케다 신겐과 도조 히데유키는 근거 없는 여유를 가졌다.

그 순간,

콰아아아아아앙!

"뭐, 뭐야?"

지하가 뒤흔들리는 충격이 지부장실을 덮쳤다.

"지, 지진인가?!"

갑작스러운 사태에 이케다 신겐과 도조 히데유키는 당황한 표정을 지었다.

도쿄 한복판에 지진이라니!

왜애애애애애앵!

그때 침입자를 알리는 사이렌 소리가 지하를 울리기 시작했다.

"서, 설마……!"

그들의 머릿속에는 지금 무슨 상황이 일어나고 있는지 빠르게 돌아갔다.

이시이 연구소와 극동회의 연락 두절.

그리고 지금 일본 지부에서 일어나고 있는 상황!

"기어코 그놈이 이곳까지 온 것이란 말인가!"

이케다 신겐과 도조 히데유키는 놀란 표정으로 서로를 마주봤다.

*　　　*　　　*

"이곳인가?"

현성은 주변을 둘러봤다.

가로수 같은 나무들이 쭉 늘어서 있으며, 이곳저곳에 석상들이 보였다.

그리고 무엇보다 일본 신사에 존재하는 거대한 토리이가 있었다.

야스쿠니 신사.

지금 현성이 서 있는 장소였다.

현성은 말없이 야스쿠니 신사의 중앙에 있는 메인 홀까지 걸어갔다. 주변에는 많진 않지만 적지 않은 사람들이 오고가고 있었다.

"그라운드 웨이브(Ground Wave)."

현성은 발을 내딛으며 3클래스 마법을 시전했다.

쿠우우우웅!

그러자 현성을 중심으로 충격파가 물결을 치듯 퍼져 나갔다.

"꺄아악!"

"지, 지진이다!"

갑작스러운 일에 상황을 파악하지 못한 일본인들의 비명 소리가 여기저기에서 들려왔다.

그들은 지진이 일어난 줄 알고 혼비백산하며 야스쿠니 신사에서 뛰어나갔다.

'조금 전보다는 줄어들었군.'

그라운드 웨이브는 경고용이었다.

야스쿠니 신사에 있는 사람들을 내쫓기 위해서.

어느 정도 사람들이 신사에서 줄어들자 현성은 눈앞에 있는 건물을 바라봤다.

저 신사 건물에서 수많은 일본 우익들은 참배를 하고 있는 장소였다.

현성은 야스쿠니 신사를 향해 손을 내밀었다.

이미 신사 내부에 아무도 없다는 사실을 확인 한 후였다.

"익스플로전(Explosion)!"

쾅! 콰쾅! 쿠콰콰콰쾅!

6클래스 폭발 마법이 야스쿠니 신사 건물 중앙에서 시전되었다. 중심부에서 시작된 폭발이 사방으로 퍼져 나가며 신사를 산산조각 냈다.

콰아아아아아앙!

이윽고 야스쿠니 신사는 마지막 대폭발을 일으키며 흔적도 없이 사라져 버렸다.

남은 건, 자잘한 잔해들뿐.

일본 군국주의 상징이자 우익들이 자랑스러워하는 일본 최대의 신사는 그렇게 역사의 뒤안길로 사라졌다.

"두 번 다시 야스쿠니 신사 같은 걸 만들도록 두지 않겠다."

현성은 차가운 눈으로 폭발한 야스쿠니 신사를 내려다봤다.

이제 남은 일은 야스쿠니 신사의 지하로 잠입하는 것뿐이었다.

현성은 오른손을 치켜 올렸다.

그러자 현성을 중심으로 심상치 않은 마나들이 모여들기 시작했다.

"프로미넌스(Prominunce)!"

초고온고압의 거대한 붉은색 화염구.

프로미넌스는 마치 작은 태양 같은 8클래스 화염계 마법이다. 지금 그것이 현성의 머리 위에서 생성되어 이글이글 불타오르고 있었다.

"가라."

현성은 치켜들고 있던 오른팔을 내렸다.

머리 위에 떠 있던 거대한 화염구가 조금 전 야스쿠니 신사가 폭발한 중심지로 천천히 떨어져 내리기 시작했다.

쿠구구궁!

프로미넌스가 지면에 격돌하자 땅이 흔들렸다.

그리고 초고온의 열에 지면이 녹아내리며 프로미넌스가 조금씩 지면 아래로 파고들어갔다.

"흐음."

잠시 후, 현성의 눈앞에 싱크홀 같은 거대한 구멍이 생겨났다. 야스쿠니 신사가 있던 자리는 이제 완전히 사라져 버린 것이다. 현성은 프로미넌스가 만들어낸 구멍 앞에 다가가 섰다.

"꽤 깊군."

지하 아래에는 여전히 프로미넌스가 초고온의 열을 내뿜으며 지하로 침식하고 있었다.

"플라이(Fly)."

현성은 공중 부양 마법을 시전하며 구멍 안으로 몸을 던졌다. 초고온의 열기를 타고 현성은 천천히 구멍 내부로 떨어져 내렸다.

"이쯤이면 되겠지."

어느덧 프로미넌스는 상당히 지하로 파고 들어가 있었다.

딱!

현성은 손가락을 마주쳤다.

그러자 초고온의 열을 내뿜던 프로미넌스가 거짓말처럼 사라졌다.

"그럼 가볼까?"

야스쿠니 신사의 지하에 있을 마법 협회 일본 지부 내부로 잠입을 하기 위해 현성은 프로미넌스가 만들어 놓은 구멍 안으로 빠르게 떨어져 내렸다.

제 11 장

아카츠키의 등장

"이런 고얀……!"

마법 협회 일본 지부의 지부장실.

지금 그곳에서 이케다 신겐은 길길이 날뛰고 있었다.

"야스쿠니 신사가… 야스쿠니 신사가 사라졌다고?!"

이케다 신겐은 정신을 차릴 수가 없었다.

일본 군국주의의 상징인 야스쿠니 신사가 폭발하여 사라졌다니!

"대체 무슨 일이 벌어지고 있는 것이냐!"

"그 소년입니다. 그 소년이 일본 지부로 침입해 들어왔습니다."

"그 소년이 누군데!"

땀을 뻘뻘 흘리며 대답하는 도조 히데유키의 말에 이케다 신겐은 답답한 얼굴로 소리를 빽 질렀다.

"OH—1 전투헬기를 혼자 막아낸 소년 마법사 말입니다."

"이런 제기랄!"

쾅!

이케다 신겐은 분을 이기지 못하고 책상을 주먹으로 내려쳤다. 그리고 눈앞에 있는 도조 히데유키를 노려봤다.

"도조 히데유키. 네놈, 각오는 되어 있겠지?"

"예, 예?"

이케다 신겐의 말에 도조 히데유키는 어리둥절한 표정을 지었다.

"아무 문제없다면서 안심하라며? 그런데 지금 이 일을 어떻게 할 것이냐? 야스쿠니 신사가 흔적도 없이 증발되었다고 하지 않느냐!"

이케다 신겐은 책상 위에 있던 유리로 된 재떨이를 다짜고짜 도조 히데유키를 향해 집어던졌다.

퍽!

"어이쿠!"

머리에 유지 재떨이를 정통으로 가격당한 도조 히데유키는 얼굴을 감싸쥐었다.

"빌어먹을 놈들 같으니. 어떻게 아직 머리에 피도 안 마른 조센징 마법사에게 당할 수가 있어?"

이케다 신겐은 기가 막혔다.

자신들의 타겟인 한국 지부 마법사가 이곳에 나타났다는 말은 이미 이시이 연구소와 극동회가 당해버렸다는 소리가 아닌가?

"빌어먹을! 빌어먹을!"

이케다 신겐은 연신 욕지거리를 내뱉었다.

아직까지 이시이 연구소와 연락이 되지 않았다.

정황을 놓고 본다면 분명 당해버린 것일 테지.

"하, 하지만 아직 이시이 연구소가 당했다고는 할 수 없지 않습니까?"

도조 히데유키는 상황이 이런데도 일말의 희망을 잊지 않고 있었다.

그로서는 이시이 연구소가 당했다는 사실을 도저히 납득할 수 없었던 것이다.

"내가 저런 멍청한 놈을 믿고 작전을 진행하고 있었다니 기가 막히는구나."

이케다 신겐은 혀를 찼다.

멍청한 소리를 지껄이고 있는 도조 히데유키의 모습을 보니 아베 신이치가 더 낫다는 생각이 들 정도였다.

"이시이 연구소는 당했다고 생각해라."

"그런……"

도조 히데유키는 믿기지 않는 표정을 지었다.

"상황은 최악이다. 혼자서 일본 지부에 침입한 놈의 행동을 보면 알 수 있지."

제정신이 아니고서야 어찌 혼자 자신들의 본부로 쳐들어올 수 있을까?

그만큼 자신감이 있거나, 무언가 믿는 수가 있다는 소리였다.

"그리고 그놈이 어떻게 본부의 위치를 알고 찾아온 건지 잘 생각해봐라."

이케다 신겐은 도조 히데유키에게 말하고 있었으나, 자기 자신에게도 말을 하고 있었다.

그러면서 맹렬하게 머릿속을 돌리며 이후의 대책을 세우고 있는 중이었다.

"그렇다면 이시이 클론들에게 정보를……?"

"그렇다고 봐야지."

한국 지부에서 온 소년 마법사는 핀포인트로 야스쿠니 신사를 노렸다. 그리고 지하 내부로 침입해 내려오고 있는 중이라는 보고를 조금 앞에 받았다.

분명 소년 마법사는 이시이 연구소에서 필요한 정보들을 습득했으리라.

"어디까지 알아낸 것인지는 모르겠지만 이대로 가만히 내버려둘 수 없지."

이케다 신겐의 눈에 살기가 흘러나왔다.

극동회는 둘째치더라도 이시이 연고소는 사람을 보내 조사를 해봐야 알겠지만 사실상 괴멸했다고 봐야 할 것이다.

어디 그뿐인가?

마법 협회 일본 지부의 지상에 위치한 대일본제국의 상징이자, 군국주의 사상을 주입하는 역할을 수행해 오던 야스쿠니 신사를 소년 마법사는 날려 버렸다.

"절대 살려 두지 않을 것이다."

이케다 신겐은 이를 갈며 다짐했다.

일본 지부의 모든 전력을 동원해서 반드시 침입자를 없애 버리겠다고.

"도조 히데유키. 아카츠키를 투입해라."

"예, 알겠습니다."

확고한 눈빛으로 말하는 이케다 신겐의 명령에 도조 히데유키는 군말 없이 따랐다.

이케다 신겐의 행동에서 사태의 심각성을 인지했으니까.

그렇게 마법 협회 일본 지부의 최종 비밀 병기가 현성을 잡기 위해 움직이려 하고 있었다.

＊　　　＊　　　＊

야스쿠니 신사 지하에 숨겨져 있는 마법 협회 일본 지부의 시설은 거대했다.

일본 지부의 본부는 지하에 꽤 넓게 분포되어 있으며, 야스쿠니 신사는 일본 지부로 통하는 출입구 중에 한 곳이었다.

"이케다 신겐이라는 노인은 어디에 있는 거지."

"모, 모른다!"

현성은 일본 지부의 지부원으로 보이는 자의 멱살을 붙잡고 물었다.

그는 일본 지부의 경비원으로 현성의 말에 눈을 데룩데룩 굴리며 모르쇠로 일관하고 있었다.

"일본 지부를 괴멸시켜 버리면 알아서 기어나오겠지."

현성은 심드렁한 표정으로 중얼거린 후, 경비원을 등 뒤로 휙 집어던졌다.

"으악!"

경비원을 복도를 몇 바퀴 구르더니 정신을 잃었다.

그런 경비원의 주변에는 일본 지부의 지부원들로 보이는 자가 정신을 잃은 채 산처럼 쌓여 있었다.

거의 대부분이 양복이나 연구복 차림이었다.

일본 지부에도 여러 가지 연구 부서들이 있었던 것이다.

이시이 연구소는 공식적으로는 할 수 없거나, 비인도적인 실험을 위해 따로 설립한 비밀 연구소였다.

"조금 더 아래로 내려가 봐야겠군."

현성은 느긋한 발걸음으로 일본 지부 내부로 향했다.

얼마나 내려갔을까.

중간중간에 현성을 막아서려고 하는 자들이 있었지만, 상대가 되지 않았다.

"거기까지다!"

마법 협회 일본 지부의 지하 복도.

너비가 5미터 정도 되는 넓은 복도에서 걷고 있던 현성을 불러 세우는 목소리가 있었다.

"너희들은……?"

현성은 목소리가 들려온 곳으로 고개를 돌렸다.

그곳에는 두 명의 사내들이 현성을 노려보고 있었으며 인상적인 복장을 하고 있었다.

"음양사인가?"

"그렇다!"

사내들은 일본을 대표하는 음양사였다.

일본 지부에는 거의 대부분 닌자들과 사무라이들이었다.

그들은 마나, 즉 기(氣)를 이용한 무기 공격이 가능했다. 유럽에서 넘어온 마법을 연구하고 개량하여 탄생시킨 것이다.

그리고 그들보다 극소수로 음양사를 키워냈다.

그 능력은 닌자들이나 사무라이들과는 비교를 불허했다.

"지금부터는 우리들이 상대해 주지!"

갑작스럽게 나타난 음양사들은 현성을 향해 종이더미들을 날렸다. 수많은 종이들이 현성과 음양사 사이에서 흩날렸다.

"이건······? 부적?"

"후후."

놀란 표정을 짓고 있는 현성을 바라보며 음양사들은 자신감 넘치는 미소를 지었다.

"옴 마니 산만다 운카우 소와카!"

음양사들은 알아듣지 못할 말들로 주문을 외우며 이상한 손동작들을 취하기 시작했다.

그러자 그들이 던진 부적들이 마치 살아 있는 것처럼 현성의 주위를 맴도는 게 아닌가?

"폭(爆)!"

주문을 끝낸 음양사들은 적어도 수백 장이 넘는 부적들로 둘러싸인 현성을 향해 손가락을 가리키며 시전어를 외쳤다.

콰콰콰콰쾅!

그 순간 수백 장이나 되는 부적들이 폭발하기 시작했다.

부적 한장한장의 폭발력은 그리 크다고 볼 수는 없었다.

하지만 부적들은 약 수백여 장.

그것들이 한꺼번에 기폭하기 시작하자 어마어마한 폭발이 현성을 덮쳤다.

"해치웠나?"

음양사들은 부적들이 폭발하며 발생한 뜨거운 열기에 손으로 얼굴을 가렸지만 의기양양한 표정까지는 감출 수 없었다.

그들은 이만한 폭발의 중심지에 있던 현성이 살아남았을 거라고는 전혀 고려하지 않는 눈치였다.

"윈드 커터(Wind Cutter)."

그때 나직한 목소리가 들려오는가 싶더니, 폭염을 찢어발기며 바람의 칼날 여러 개가 음양사들을 향해 쇄도했다.

"이, 이런!"

음양사들은 폭염이 사라지고 바람의 칼날들이 자신들을 향해 다가오자 당황한 표정을 지었다.

하지만 이내 수인(手印)을 맺으며 주문을 외우기 시작했다.

"임병투자개진열재전(臨兵鬪者皆陳列在前)!"

아슬아슬하게 바람의 칼날이 그들에게 닿기 직전 반투명한 결계가 생겨났다.

챙! 채앵!

바람의 칼날들은 결계에 충돌하자 쇳소리를 내며 사라졌다.

"재미있는 능력이군."

마법사와는 다른 음양사의 능력이 현성은 호기심을 보였다.

기본적인 원리는 마법과 같은 것 같았지만, 발동 방식이 달랐기 때문이다.

"감히 우리들을 공격해?"

"건방진 조센징 같으니! 이번엔 반드시 죽여주마!"

아슬아슬하게 현성의 공격을 막아낸 음양사들은 자존심에 상처를 받았다.

음양사란, 일본 지부 내에서 닌자들이나 사무라이들보다 위에서 군림하는 엘리트들.

그리고 지금 현성이 상대하고 있는 두 명은 그런 음양사들 중에서도 상위에 올라있는 자들이었다.

그런데 자신들이 한국에서 온 아직 조센징 소년을 쓰러뜨리기는커녕 하마터면 죽을 뻔했던 것이다.

그들은 자존심에 상처를 입은 얼굴로 오리가미(折り紙)를 꺼냈다.

오리가미는 종이접기를 뜻하며, 음양사들이 꺼내든 오리가미들은 곤충 모양을 하고 있었다.

"옴 시베라 만다야 소와카!"

"옴 슈메이 라이진 소와카!"

오리가미를 던진 음양사들은 각자 다른 진언을 읊조리며 수인을 맺었다.

그러자 오리가미가 커지면서 마치 살아 있는 생명체처럼 움직이는 게 아닌가?

"이건……"

현성은 신기한 눈으로 살아 움직이는 오리가미를 바라봤다.

"그렇군. 이게 일본의 식신(式神)이라고 하는 것들인가?"

"흥. 제법 안목이 있군. 그렇다. 이게 바로 시키가미(シキガ
ミ)다!"

"이걸로 끝을 내주마!"

그들은 자신감이 넘치는 표정으로 의기양양하게 말했다.

부우우웅!

음양사들의 시키가미들은 투구벌레였다.

두 마리의 종이로 이루어진 투구벌레들은 양 옆으로 아슬
아슬하게 현성의 곁을 스쳐 지나갔다.

피피핏!

"흠."

투구벌레들의 날개가 고속진동하며 발생한 바람이 현성을
할퀴고 지나갔다. 작은 생채기가 이곳저곳에 생겨났지만, 현
성은 개의치 않았다.

"재미있군. 고속으로 진동하는 날개에 진공의 바람인가?"

별달리 위협이 된다는 생각이 들지 않았기에 현성은 종이
로 이루어진 투레벌레들이 바로 옆을 스쳐 지나가도 그냥 관
찰만 하고 있었다.

그리고 역시 예상대로 위협적이지도 않았다.

현성은 피식 웃으며 입을 열었다.

"어린애들이 좋아하겠군."

"이, 이놈이!"

"죽여 버릴 테다!"

현성의 도발에 음양사들은 광분하며 시키가미를 조종했다.

부우우우웅!

시키가미들은 광폭한 바람을 일으키며 현성을 향해 날아들었다.

"흥. 겨우 종이로 이루어진 벌레 따위가."

현성은 여유로운 얼굴로 마나 서클을 회전시켰다.

여덟 개의 마나서클들이 맹렬히 돌아가며 현성의 몸에서 어마어마한 마력이 흘러나왔다.

"플레어(Flare)!"

현성이 7클래스 화염계 마법을 시전하자 발밑과 전방에 붉은색 마법진이 전개 되었다.

그리고 전방에 전개된 마법진에서 초고온 고압의 화염이 시키가미들을 향해 뿜어져 나왔다.

마치 화염 방사기처럼.

키에에에엑!

등불이 모여드는 불나방처럼, 종이로 이루어진 투구벌레들은 화염에 휩싸여 불타올랐다.

"아아앗, 시키가미들이!"

"이, 이럴 수가……."

음양사들은 플레어 마법에 타들어가고 있는 시키가미들을 도와줄 엄두도 내지 못한 채 발만 동동 굴렀다.

그들이 가지고 있는 주술 중에서 불을 끌 수 있는 게 없었던 것이다.

"종이는 불에 잘 타는 법이지. 그에 대한 대비도 하지 않은 게 네놈들의 패인이다."

'이런 시발!'

현성의 말에 음양사들은 소리 없는 욕설을 마음속으로 외쳤다. 현성은 몰랐지만, 대부분 시키가미들은 종이로 이루어져 있다.

그러니 누구나 시키가미가 불에 약하다고 생각할 터!

하지만 오리가미가 시키가미 화하면 어지간한 화염 따위에 태워지지 않는다.

마법사들이 마력을 가지고 있는 것처럼, 음양사들은 주력으로 시키가미들을 보호하기 때문이다.

시키가미들이 불에 탄 이유는 단지 현성이 선보인 마법이 강력했을 뿐이었다.

현성의 말대로 시키가미가 화염에 약했다면, 그들이 일본 지부의 엘리트 자리까지 올라갈 수 없었을 것이다.

"재주는 이걸로 끝인가?"

"……!"

음양사들은 두려운 눈으로 현성을 바라봤다.

시키가미들은 자신들을 마법 협회 일본 지부에서 엘리트 자리에 올려놓은 일등 공신들이었다.

닌자나 사무라이들은 손도 못 써보고 시키가미에게 당했다. 그만큼 시키가미는 강력한 존재였던 것이다.

그런데 이렇게 허무하게 불에 타 재가 될 줄이야.

"끝이라면 이번엔 내 차례로군."

현성은 씩 웃었다.

그러자 음양사들은 당황하며 뒷걸음질 쳤다.

"아니, 그러니까 잠깐만……!"

"우리, 평화적으로 대화를 합시다!"

그들은 조금 전과는 다르게 비굴한 모습을 보였다.

하긴, 그럴 수밖에.

닌자들이나 사무라이들보다 훨씬 강력한 시키가미를 현성은 가볍게 불태워버렸다.

음양사들 입장에서는 시키가미를 제압한 현성을 상대할 방법이 없었던 것이다.

"싫다."

하지만 현성은 손을 풀면서 그들에게 다가가며 단호한 표정으로 말했다.

"자, 잠… 우와아아악!"

"사, 살려주십시… 크아아아아악!"

잠시 후, 마법 협회 일본 지부 복도에서 폭풍 같은 비명 소리가 울려 퍼졌다.

음양사들을 가볍게 제압한 현성은 막힘없이 일본 지부를

헤집고 다녔다.

그리고 음양사들을 족치면서 일본 지부의 지부장인 이케다 신겐이 어디에 있는지 위치도 알아낼 수 있었다.

"여기서 오른쪽으로 가라고 했었지?"

현성은 음양사들이 가르쳐준 방향으로 발걸음을 옮겼다.

"이곳인가?"

한참 복도를 걷던 현성은 눈앞에 나타난 거대한 문을 바라봤다. 가로 5미터 높이 3미터 정도 되는 거대한 철문이었다.

그리고 굉장히 두터워 보이기도 했다.

"확실히 무언가 있을 법한 곳 같군."

현성은 씩 미소를 지었다.

"익스플로전(Explosion)!"

콰콰콰콰콰콰쾅!

6클래스 화염 마법이 두터운 철문에 작렬하며 폭발을 일으켰다. 철문은 깨끗하게 터져나갔다.

철문을 날린 현성은 안으로 들어갔다.

내부는 어두워서 잘 보이지는 않았지만 꽤 넓은 공간이었다.

파아앗!

─마법 협회 일본 지부에 온 것을 환영하네.

그때 갑자기 밝은 빛이 켜지며 노인의 목소리가 들려왔다.

"네가 이케다 신겐이냐?"

―어린놈이 말이 짧군. 그렇다. 내가 대일본제국의 마법 지부를 이끌고 있는 이케다 신겐이다.

"지금 어디에 있지? 모습을 보여라."

현성은 주변을 둘러보며 소리쳤다.

하지만 그 어디에도 이케다 신겐으로 보이는 노인의 모습은 보이지 않았다.

단지 스피커를 통해서 이케다 신겐의 목소리가 들려올 뿐이었다.

―흥. 건방지군. 날 보고 싶으면 네놈이 직접 와라. 나는 네가 있는 곳 바로 너머에 있으니까.

"잘됐군. 기다리고 있어라. 지금 당장 가지."

―당돌한 꼬마로군. 네가 과연 내가 있는 곳까지 올 수 있을까?

쿠웅!

이케다 신겐의 말이 끝나기가 무섭게 천장에서 무언가가 떨어져 내렸다.

"이건……?"

현성은 눈앞에 나타난 물체를 바라봤다.

높이 약 3미터, 그리고 길이가 약 10미터 정도 되는 거대한 물체.

"거미?"

눈앞에 나타난 물체는 확실히 거미처럼 생겼다.

굵고 긴 여덟 개의 다리와 거대한 몸통, 그리고 금속 느낌이 강하게 나는 검은색 표면.

'뭐지, 이건? 팬텀은 아닌 것 같은데……'

눈앞에 나타난 정체불명의 물체에게서는 팬텀의 특유의 혐오감과 기운이 느껴지지 않았다.

하지만 한 가지 사실만큼은 알 수 있었다.

팬텀과 마찬가지로 눈앞에 있는 물체가 굉장히 이질적이라는 사실을 말이다.

키이이이잉.

그때 무슨 엔진이 돌아가는 듯한 진동음이 들려왔다.

현성은 혹시 몰라 거미처럼 생긴 물체로부터 몇 걸음 뒤로 물러났다.

그 순간,

철컥철컥철컥철컥!

검은색 광택의 등에서 갑자기 무수히 많은 총구들이 모습을 드러냈다.

즈즈즈즹!

그리고 이내 푸른색 레이저의 비가 현성을 향해 쏟아져 내렸다.

제 12 장
신의 병기

"이게 무슨!"

갑작스러운 레이저 공격에 깜짝 놀란 현성은 재빠르게 피하기 시작했다.

헤이스트와 가속 마법으로 레이저 공격을 피한 현성은 눈살을 찌푸리며 아카츠키를 노려봤다.

"산장에서 본 레이저 병기들은 저 녀석을 연구해서 얻은 부산물이었나 보군."

─호오? 눈치가 빠르군. 이제 네놈도 이 녀석의 정체가 무엇인지 파악이 되나 보지?

이케다 신겐의 말에 현성은 눈살을 찌푸렸다.

조금 전 눈앞에 있는 물체의 공격은 팬텀과 달랐다.

같은 레이저 공격이기는 했지만, 팬텀은 생체기관에 의한 광학병기였고 눈앞에 있는 물체는 좀 더 기계적인 느낌의 병기였던 것이다.

"저건 대체 뭐지?"

─이 녀석은 우리가 인도에 있는 고대 유적에서 발굴해냈다. 우리 쪽 과학자들은 인도의 고대 서사시 마하바라타에 나오는 신들의 전쟁에서 활약하던 물건이 아닐까 하더군.

"뭐?"

현성은 이케다 신겐의 말에 놀란 표정을 지었다.

그의 말에 의하면 눈앞에 있는 물체는 신화시대에 등장하는 S급 아티팩트라는 소리지 않은가?

─우리도 정확한 구동원리나 어떤 구조로 되어 있는지 모른다. 하지만 오랜 연구 끝에 저 녀석을 제어하는 방법 정도는 알아낼 수 있었지.

잠깐 동안 이케다 신겐의 기분 나쁜 웃음소리가 스피커를 타고 흘러나왔다.

"그 말은 즉……."

─이 녀석은 초고대문명의 신들이 남긴 병기라는 말이지.

"……!"

이케다 신겐의 말에 현성은 놀란 표정을 지었다.

신들의 병기라니?

이게 대체 무슨 소리란 말인가!

"용케 저런 걸 숨기고 있었군."

—일본 지부 내에서도 알고 있는 사람은 얼마 되지 않지. 이시이 연구소의 녀석들도 이 녀석에 대해선 알지 못한다. 단지, 아주 단편적으로 알고 있었을 뿐.

"용의주도하군."

현성은 혀를 찼다.

설마 일본 지부에서 저런 걸 가지고 있을 줄은 꿈에도 알지 못했으니까.

그리고 이시이 로쿠로와 이시이 쥬이치로도 눈앞에 있는 물체의 전체적인 모습은 모르고 극히 일부 기술만 이케다 신겐에게 받아 연구한 모양이었다.

가령 레이저의 소형화 기술이라던가, 관절에 사용된 기술이라던가 말이다.

하지만 역시 핵심이라고 할 수 있는 동력 및 구동 관련 부분은 알 수 없었다.

인류에게는 아직 미지의 기술이었던 것이다.

—이야기가 길어졌군. 네놈은 영광으로 알아야 할 것이다. 이 녀석은 대일본제국의 앞날을 밝히는 여명의 새벽, 아카츠키! 네놈은 다름 아닌 바로 이 아카츠키에게 죽게 될 테니까!

키이이잉!

고대 인도의 대서사시인 마하바라타에 나오는 신의 병기,

아카츠키에서 기동음이 맹렬하게 울려 퍼졌다.

쩌억.

아카츠키의 입이 벌어졌다.

그리고 그곳에서 푸른 에너지가 모여들기 시작했다.

이시이 연구소에서 검은 뱀처럼 생긴 팬텀이 쏜 붉은색 레이저와 비슷했지만 위력이 달랐다.

어마어마한 크기의 광구가 아카츠키의 입에서 모여들고 있었던 것이다.

번쩍! 콰아아아아아!

잠시 후, 푸른 빛의 파도가 현성을 집어삼키듯 덮쳤다.

"블링크(Blink)!"

쏟아지는 푸른빛의 파도를 본 현성은 단거리 공간 이동 마법을 시전했다.

콰아아아아아아!

현성이 사라진 그곳에 푸른빛의 파도가 거침없이 지나가며, 마법 협회 일본 지부의 내부 지하 시설을 파괴하면서 끊임없이 질주해 나갔다.

"……."

블링크로 자리를 피했던 현성은 놀란 눈으로 푸른빛의 파도가 남긴 흔적을 바라봤다.

직경 약 2미터의 거대한 구멍이 지하 시설을 꿰뚫고 있었다.

―크하하하핫! 어떠냐? 이게 바로 신의 병기, 대일본제국 아카츠키의 위력이다!

일본 지부의 지하 시설이 파괴되었음에도 불구하고 이케다 신겐은 무엇이 그리 좋은지 광소를 터뜨렸다.

'골치 아프군.'

조금 전 일격만으로도 확신할 수 있었다.

아카츠키가 팬텀보다 강력하다는 사실을.

하지만…….

"기가 라이데인(Giga Lighthein)!"

현성은 6클래스 전격 마법을 시전했다.

번쩍! 쿠르르룽!

아카츠키의 등 위로 수만 볼트에 달하는 노란색 번개가 떨어져 내렸다.

쾅! 콰쾅! 콰콰쾅!

노란색 번개가 떨어질 때마다 굉음과 함께 폭발이 일어났다.

그럴 때마다 아카츠키의 거체가 휘청거렸다.

현성의 마법에 데미지를 받고 있는 것이다.

하지만…….

"쳇."

현성은 혀를 찼다.

기가 라이데인이 아카츠키에게 닿기 직전 푸른빛의 방어막이 생겨나는 모습을 보았던 것이다.

어느 정도 데미지를 받긴 했지만, 치명적인 수준까진 아니었다.

—놀랍군. 설마 이 정도까지의 마법을 구현해낼 줄이야… 네놈, 위저드급 마법사구나!

현성이 사용하는 마법을 감시 카메라로 확인한 이케다 신겐은 침음성을 내뱉었다.

아직 스무 살도 안 되는 소년이 고위급으로 보이는 마법을 사용하다니.

그리고 마법 지식에 일가견이 있는 이케다 신겐은 현성이 위저드급 마법사라는 사실을 대번에 눈치챘다.

—하지만 아카츠키의 상대는 될 수 없지.

이케다 신겐은 확신하고 있었다.

아카츠키는 고대 신들의 병기.

현대병기 따위와는 비교도 되지 않는 문명의 유산이다.

"글쎄… 그건 어떨까?"

현성은 씩 웃어 보였다.

—허세가 대단하군. 이런 상황에서도 여유를 부리다니.

쉬이익!

순간 아카츠키가 수미터에 달하는 다리를 치켜 올리며 현성을 향해 내려쳐졌다.

"악셀러레이션(Acceleration)!"

현성은 가속 마법을 시전하여 재빠르게 피해냈다.

콰아앙!

그러자 아카츠키의 검고 긴 금속재질의 다리는 간단하게 격납고 바닥을 부셔버렸다.

'생각보다 제법 위력이 있군. 가볍게 보지 못하겠어.'

그 모습을 본 현성은 살짝 눈살을 찌푸렸다.

'문제는 방어막인데……'

아카츠키의 방어막은 6클래스 전격 마법을 막아냈다.

그렇다면……

"슈바르츠 슈페어(Schwarz Speer: 칠흑의 마창)!"

—Standing by.

"트랜스포메이션(Transformation)!"

현성의 외침에 따라 검은색 장갑의 손등에 그려져 있는 금색 마법진에서 섬광이 터져 나왔다.

그리고 얼마 후, 현성의 손에는 칠흑의 마창이 들려 있었다.

"역시 성가신 방어막을 날리는 데는 이 녀석이 제일이지."

현성은 씩 미소를 지었다.

그리고 칠흑의 마창에 마나를 주입하기 시작했다.

현성의 여덟 개의 마나서클이 힘차게 돌아가며 어마어마한 마나가 칠흑의 마창 안으로 흘러 들어갔다.

우우우웅.

칠흑의 마창이 진동을 하기 시작한다.

그 상황에서 현성은 보조 마법을 자신의 몸에 걸었다.

"레이포스 액티베이션(Rayforce Activation)! 데카 맥스 악셀러레이션(Deka Max Acceleration)!"

현성은 레이포스 신체강화술을 활성화하고, 헤이스트 대신 가속 마법을 시전했다.

쉬이익!

온갖 보조 마법을 시전한 현성은 공간을 가르는 한줄기 빛처럼 잔상을 남기며 아카츠키의 등 위에 올라탔다.

"슈바르츠 블레쳐(Schwarze Brecher:칠흑의 파괴자)!"

초진동을 일으키고 있는 칠흑의 마창을 현성은 아카츠키의 등 위에 내려찍었다.

이에 대응하기 위해 아카츠키는 예의 푸른 방어막을 생성해냈다.

키이잉! 콰콰콰콱!

초진동을 일으키고 있는 마창의 창날이 회전하면서 푸른 방어막이 충돌하자 어마어마한 굉음이 울려 퍼졌다.

현성의 초진동 마창이 꿰뚫을지, 아니면 아카츠키의 푸른 방어막이 버틸지 지구력 싸움이었다.

휘이잉!

순간 아카츠키의 검고 긴 다리가 현성을 향해 휘둘러져 왔다. 아카츠키는 마치 귀찮다는 듯이 앞다리로 현성을 떨어뜨리려고 했던 것이다.

"트리플 실드(Triple shield)!"

터터텅!

현성은 5클래스 삼중 방패 마법으로 아카츠키의 다리를 막아냈다.

쩌적!

그리고 드디어 아카츠키의 푸른 방어막에 금이 가기 시작했다.

"조금만 더……!"

현성은 최후의 일격을 가하기 위해 칠흑의 마창에 마나를 쏟아부었다.

콰장창!

결국 아카츠키의 푸른 방어막은 칠흑의 마창을 버티지 못하고 깨어져 나갔다.

"이걸로 끝이다!"

푸른 방어막이 사라지는 순간, 현성은 승리를 확신했다.

하지만…….

스르륵.

갑자기 십여 미터에 달하는 아카츠키의 몸체가 흐릿해지더니 신기루처럼 사라져 버리는 게 아닌가?

"뭐, 뭐야?"

아카츠키가 온데간데없이 사라져 버리자 칠흑의 마창은 애꿎은 허공을 가르고 현성은 격납고 바닥으로 떨어져 내렸다.

"어디로 간 거지?"

격납고 바닥에서 다시 일어선 현성은 주변을 둘러봤다.

슈와아악!

바로 그때 현성의 등 뒤 천장에서 대각선으로 푸른 빛줄기가 공기를 태우며 내려 꽂혔다.

콰아아앙!

푸른빛 레이저는 목표지점에 격돌하자 폭발했다.

붉은 폭염과 연기가 피어오른다.

그것을 감시 카메라로 지켜보던 이케다 신겐은 만족스러운 목소리로 중얼거렸다.

—드디어 끝났군.

이케다 신겐은 불의의 일격이 통했다고 생각했다.

아무리 마법사라고해도 조금 전과 같은 위력의 광학병기의 공격에는 버틸 수 없으리라.

"썬 라이트 플래쉬(Sun Light Flash)!"

순간 폭염을 뚫고 황금색 섬광이 격납고 내부를 번쩍이며 아카츠키를 향해 날아들었다.

콰콰쾅!

눈 깜짝할 사이에 황금빛 섬광은 아카츠키의 검고 긴 금속 재질의 왼쪽 다리 세 개를 날려버렸다.

쿠우웅!

격납고 천장에 매달려 있던 아카츠키는 아래로 떨어졌다.

—뭐, 뭐야?!

갑작스러운 상황에 이케다 신겐의 당황스러운 목소리가 스피커를 타고 흘러나왔다.

"나를 얕보면 곤란하지."

그리고 아카츠키의 레이저 공격으로 생겨난 폭염 속에서 검은색 코트를 펄럭이며 현성이 모습을 드러냈다.

―큭! 놀랍군. 그 폭발 속에서도 살아남다니.

스피커 너머에서 혀를 차고 있는 이케다 신겐의 목소리가 들렸다.

"놀라운 건 오히려 이쪽이다. 설마 공간 이동을 할 줄은……."

현성은 바닥에 떨어져서 버둥거리고 있는 거미처럼 생긴 신의 병기를 바라봤다.

아카츠키는 칠흑의 마창이 몸체에 닿기 직전 격납고 천장으로 공간 이동을 했다.

그리고 현성의 배후에서 레이저 공격을 퍼부었던 것이다.

"하지만 방어막이 없어진 지금 내 상대는 아니지."

―광오한 놈이로군. 네깟 놈이 아카츠키를 쓰러뜨릴 수 있을 거라 생각하나?

"다리 세 개가 날아간 녀석이 무엇을 할 수 있을 거라 생각하나?"

―홍. 네놈이야말로 아카츠키를 얕보면 곤란하게 될 거다. 괜히 아카츠키를 신의 병기라고 부르는 게 아니니까.

"뭐?"

이케다 신겐의 말에 현성이 의아한 표정을 짓는 순간, 아카츠키에게 변화가 일어났다.

스스슥!

"……."

현성이 날려버린 왼쪽 다리 세 개가 재생이 되고 있었던 것이다.

―아카츠키의 금속 재생 능력은 세계 제일이다! 크하하핫!

현성에게 입은 상처를 완전히 재생한 아카츠키가 자리에서 일어나자 이케다 신겐은 자신감이 넘치는 광소를 터뜨렸다.

"성가시군."

붉게 빛나는 눈으로 자신을 내려다보는 아카츠키의 모습에 현성은 눈살을 찌푸렸다.

방어막을 없애는 것까지는 좋았는데 이 정도의 재생력까지 가지고 있었을 줄이야!

"그럼 직접 파괴하는 수밖에."

칠흑의 마창을 고쳐 잡으며 현성은 자세를 낮게 잡았다.

여전히 가속 마법과 레이포스는 활성화 중이었다.

탓!

현성은 칠흑의 마창을 앞세우고 눈부신 속도로 아카츠키에게 돌진했다.

그리고 아카츠키의 다리를 향해 칠흑의 마창을 휘둘렀다.

"메테오 임팩트(Meteor Impact)!"

콰앙!

칠흑의 마창과 아카츠키 다리가 충돌하자 격렬한 폭발이 일어났다.

폭발에 밀린 아카츠키의 다리가 솟구쳐 올랐다.

하지만 현성의 공격은 끝나지 않았다.

쾅! 콰쾅! 콰콰쾅!

현성은 칠흑의 마창을 아카츠키의 좌우 앞다리에 공격을 가했다. 그럴 때마다 폭발이 일어나며 아카츠키의 다리는 이리저리 튕겼다.

공격을 할 때마다 현성이 메테오 임팩트를 시전하고 있었던 것이다.

쿠우우웅.

그리고 앞다리가 당하자 아카츠키의 머리가 조금씩 바닥으로 내려왔다.

"끝이다. 슈바르츠 블레쳐(Schwarze Brecher)!"

현성은 점프를 하며 칠흑의 마창을 아카츠키의 머리를 향해 겨눴다.

스스슥!

초진동을 일으키며 맹렬하게 회전을 하고 있는 마창의 끝이 아카츠키의 머리를 꿰뚫려는 찰나, 아카츠키의 몸이 흐릿해지며 사라졌다.

또 다시 어디론가 공간 이동을 한 것이다.

"헛수고다! 블링크 (Blink)!"

아카츠키가 공간 이동을 하자 현성 또한 단거리 공간 이동 마법을 시전했다.

아카츠키와 현성은 처음 있던 장소에서 약 20미터 떨어진 장소에 다시 나타났다.

콰지직!

그리고 칠흑의 마창이 아카츠키의 머리를 꿰뚫었다.

"가랏!"

현성은 있는 힘껏 칠흑의 마창을 아카츠키의 머리에 던져 넣었다.

—아, 안 돼!

칠흑의 마창이 아카츠키의 머릿속으로 박혀 들어가자 이케다 신겐의 당황스러운 비명 소리가 격납고 내부를 울렸다.

하지만 칠흑의 마창은 무정하게도 아카츠키의 머리를 꿰뚫은 것도 모자라 몸통 안까지 뚫고 지나갔다.

아카츠키의 몸통을 완전히 꿰뚫은 칠흑의 마창은 마치 살아 있는 것처럼 현성에게도 돌아왔다.

"끝이다."

칠흑의 마창을 다시 받아든 현성은 몸을 돌렸다.

그 직후,

콰아아아아앙!

아카츠키의 몸이 무너져 내리며 폭발했다.

"남은 건 네놈뿐이다. 이케다 신겐."

—이 멍청이가! 네놈이 지금 무슨 짓을 한 건지 알고 있느냐!

"악을 징벌하는 중이지."

—어리석은! 네놈은 아무것도 모른다! 아카츠키가 어떤 존재인지, 그리고 이 세계에 무슨 일이 일어나려고 하는지!

"그건 무슨 소리지?"

영문을 알 수 없는 이케다 신겐의 말에 현성은 의아한 표정을 지었다.

바로 그때

우우우우우웅!

현성의 등 뒤에서 공간을 진동하는 울림이 퍼져 나왔다.

—오, 온다! 어둠이 다가 온다! 차원의 저편에서……!

"뭐라고!"

스피커에서 들려오는 이케다 신겐의 의미 모를 말에 의아한 표정을 지으며 현성은 고개를 돌렸다.

"이, 이건……?"

그리고 볼 수 있었다.

아카츠키가 폭발한 그곳에 직경 5미터에 달하는 거대한 블랙 링이 출현해 있는 모습을.

＊　　　＊　　　＊

"빌어먹을 조센징 애새끼!"

마법 협회 일본 지부 지휘통제실에서 나온 이케다 신겐은 복도를 바쁘게 걸으며 욕지거리를 내뱉었다.

"대일본제국의 최종 결전 병기를 파괴해 버리다니!"

아카츠키는 인도에 있는 고대 유적에서 어렵게 회수한 후, 팬텀에 대항하기 위해 일본 지부에서 힘들게 복원했다.

하지만 아카츠키에 대해서는 모르는 것투성이었다.

구성 물질, 내부 구조, 구동 원리 등등.

한국 지부에서 연구하던 청동 거울과 마찬가지로 아카츠키는 미지의 물체였던 것이다.

그러나 일본 지부는 과학자들을 마치 갈아버리듯이 쥐어짜낸 결과 아카츠키에 사용된 과학 기술 중 일부를 알아낼 수 있었다. 그 덕분에 일본의 과학은 세간에 알려진 것보다 더욱 발전했다.

그리고 일본 지부에서 알아낸 것 중 하나가 아카츠키는 내부에 공간 이동 시스템이 탑재되어 있다는 사실이었다.

그 때문에 격납고에서 현성과 싸우며 공간 이동을 할 수 있었던 것이다.

'문제는 공간 이동 시스템이 양날의 검이라는 소리지.'

공간 이동 시스템이 탑재된 아카츠키가 폭발하면서 문제가 생겼다. 공간에 영향을 주게 된 것이다.

그 결과 공간이 일그러지며 문이 나타났다.

차원의 저편에서 어둠이 넘어 올 수 있는 블랙 링이!

블랙 링이 나타난 이상 이케다 신겐은 최후의 수단을 쓸 생각이었다.

"이제 남은 건 야마타노오로치를 깨우는 수밖에 없다!"

이케다 신겐은 빠르게 발걸음을 옮겼다.

*   *   *

"쯧······."

지금 현성은 혀를 차며 지하 복도를 걷고 있었다.

아카츠키를 쓰러뜨리고 돌연 나타난 블랙 링을 향해 현성은 공격을 가했다.

하지만 아무 소용이 없었다.

8클래스 마법을 몇 번 써봤지만 쓸데없이 마나만 소비할 뿐이었다.

그러던 중 이변이 일어났다.

돌연 블랙 링이 이동을 개시한 것이다.

설마 블랙 링이 움직일 줄은 생각하지 못했기에 당황했지만 이내 정신을 차리고 뒤쫓고 있는 중이었다.

"대체 어디로 가고 있는 거지?"

주변을 파괴하면서 어디론가 이동하고 있는 블랙 링의 모습을 보며 현성은 의아하지 않을 수 없었다.

'이케다 신겐이라는 노인을 잡으면 알 수 있겠지.'

그 노인이라면 블랙 링에 대해서, 그리고 대책에 대해서도 알고 있으리라.

콰쾅!

앞으로 잘 나가던 블랙 링이 굉음을 내며 멈췄다.

블랙 링 앞에는 격납고의 입구처럼 큰 철문이 있었다.

키이이잉!

철문 앞에서 블랙 링이 고속 회전을 시작하자 불꽃이 튀며 절단되기 시작했다.

그리고 이내 블랙 링은 철문 너머로 사라졌다.

"이런……!"

그 모습을 본 현성도 빠르게 입구에 다가가 철문을 넘었다.

"이곳은……?"

현성이 도착한 장소는 거대한 돔 형태의 공간이 있는 장소였다.

"이시이 연구소의 유적연구실과 비슷한 곳이군."

전체적인 분위기나 크기도 엇비슷했다.

그리고 중앙에는 신사에서나 볼법한 거대한 토리이가 세워져 있었다.

"결국 여기까지 왔구나. 이곳은 일본의 중심부라고 할 수 있는 장소다."

현성의 귓가에 노인의 목소리가 들려왔다.

현성은 목소리가 들려온 곳을 바라봤다.

"이케다 신겐이로군."

이미 현성은 노인의 목소리를 들어본 적이 있었다.

격납고 스피커에서 질리도록 말이다.

"흥. 여전히 광오하기 짝이 없는 놈이로구나! 하지만 뭐 됐다. 이제 네놈도, 그리고 저 블랙 링도 끝이니까."

이케다 신겐은 히죽 미소를 지었다.

그리고 고개를 돌려 정면을 바라봤다.

그곳에는 거대한 고대 석판이 허공에 떠 있었다.

"저건… 팬텀……?"

"흥. 어리석은. 대일본제국의 신수인 야마타노오로치를 팬텀 따위와 비교하다니. 흘흘흘."

현성의 말에 이케다 신겐은 비웃음을 흘렸다.

"저게 야마타노오로치?"

눈앞에 있는 석판에는 뱀이 한 마리 새겨져 있었다.

확실히 이시이 연구소 지하에서 본 팬텀과는 전혀 다른 느낌이었다.

키이이이잉!

순간 블랙 링이 공중에서 진동했다. 그리고 블랙 링 내부가 심연 속의 어둠처럼 변했다.

"큭! 시간이 없군."

그것을 이케다 신겐은 한차례 눈살을 찌푸리더니 수인을
맺기 시작했다.

"옴 마니 시니야 소와카!"

이케다 신겐은 연속적으로 수인을 맺으며 주문을 외웠다.

우우우우우웅!

어느 순간 석판에서 진동이 일어났다.

그리고 금이 쩍쩍 가더니 눈부신 빛이 흘러나왔다.

백색 섬광이 터져 나오자 현성은 손으로 눈을 가렸다.

잠시 후, 빛이 사그라들자 현성은 손을 치우고 앞을 바라봤
다.

"......!"

현성은 놀란 표정을 지었다.

눈앞에 길이가 족히 20미터는 될 것 같은 거대한 뱀이 눈부
신 하얀빛을 뿌리며 공간을 떠돌고 있었던 것이다.

"오오오! 대일본제국의 신수 야마타노오로치여!"

이케다 신겐은 하얀 빛을 흘리는 신수, 야마타노오로치의
모습을 감격에 겨운 표정으로 바라봤다.

'좋지 않군.'

현성은 상황이 이상하게 흘러간다는 것을 느꼈다.

블랙 링의 등장도 예상외인데 이제는 팬텀이 아닌 정체를

알 수 없는 하얀 뱀까지 등장했다.

거기다 눈앞에 있는 하얀 뱀은 조금 전 현성이 싸웠던 아카츠키와 어딘가 비슷한 느낌이 들었다.

'이케다 신겐의 말대로 신(神)과 관련되어 있는 것인가?'

팬텀과도 다르고, 아카츠키와는 비슷하지만 존재의 본진이 달랐다.

현성은 눈앞에 있는 야마타노오로치라는 존재가 무엇인지 도저히 감을 잡을 수가 없었다.

'생긴 건 확실히 북유럽신화에 등장하는 요르문간드와 닮았는데 말이야.'

일본 신화에 등장하는 야마타노오로치는 머리가 여덟 달린 히드라와 비슷하게 생긴 뱀이었다.

하지만 지금 눈앞에 있는 하얀 뱀은 머리가 하나이며, 굉장히 긴 몸체를 가지고 있었다.

오히려 요르문간드나 우로보로스에 가까운 모습.

"대일본제국의 신수여! 저기 있는 역적 놈과 차원의 저편에서 다가오는 어둠을 멸해라!"

이케다 신겐은 활기가 넘치고 어린애처럼 들뜬 표정으로 현성과 블랙 링을 가리키며 소리쳤다.

그런 이케다 신겐을 야마타노오로치는 물끄러미 바라봤다.

─나는 야마타노오로치가 아니다.

순간 머릿속으로 목소리가 울려 퍼졌다.

"어?"

갑자기 머릿속으로부터 울려 퍼지는 듯한 목소리에 이케다 신겐은 어리둥절한 표정으로 반문했다.

그리고 그것이 그의 마지막이었다.

덥썩!

야마타노오로치가 거대한 아가리를 벌리고 바로 앞에 있던 이케다 신겐을 머리부터 발끝까지 집어 삼켰던 것이다!

"……!"

그 모습을 현성은 놀란 표정으로 바라봤다.

'이, 이게 대체 무슨?'

설마 앞에 있는 하얀 뱀이 이케다 신겐을 잡아먹을 줄이야!

현성은 경계의 눈초리로 하얀 뱀을 노려봤다.

그리고 이케다 신겐을 집어삼킨 하얀 뱀도 현성을 노려봤다.

무슨 일이 생길지 알 수 없는 일촉즉발의 상황!

정체를 알 수 없는 하얀 뱀에게서 눈을 떼지 못한 채 현성은 마른침을 삼켰다.

『화려한 귀환』 6권에 계속…

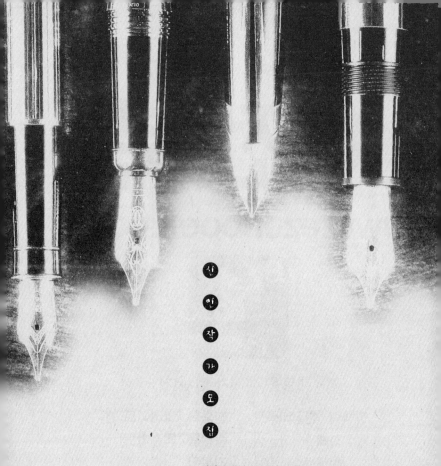

신
인
작
가
모
집

시작이 반이라고 했습니다.
작가의 길에 대한 보이지 않는 벽을 과감히 깨뜨리십시오!
청어람은 작가 지망생 여러분들의
멋진 방향타가 되어드리겠습니다.

저희 도서출판 청어람에서는
소설 신인 작가분들을 모집합니다.
판타지와 무협을 사랑하시는 분들의 많은 참여를 바랍니다.
소정의 원고(A4용지 150매)를 메일이나 우편으로 보내주시면
검토 후 출판 여부를 알려드리겠습니다.

주소:경기도 부천시 원미구 심곡2동 163-2 서경B/D 2F 우편번호 420-822
TEL:032-656-4452 · **FAX**:032-656-4453
http://**www.chungeoram.com**
e-mail:chungeoram@chungeoram.com

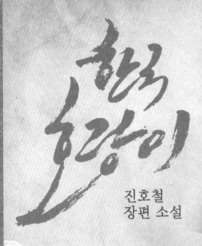

용병귀환

유왕 판타지 장편 소설

수십 년 전, 용병왕의 등장으로 생겨난
왕국과 용병의 세계.
평소엔 한없이 가볍지만 화나면 누구보다 무서운,
놀고먹고 싶은 그가 돌아왔다!

하지만 바람과는 달리 과거 그의 앙숙과 대륙의 판도는
도저히 그를 놓아주질 않는데……

"용병은 그냥, 돈 받고 칼을 빌려주는 놈들이니까."

그의 용병 철학은 단순했다.

"물론, 누구에게 빌려주느냐가 문제겠지?"